너는 다시 태어나려고 기다리고 있어

너는 다시 태어나려고 기다리고 있어

이슬아 서평집 2019

사랑하는 사람에 대한 생각.
나의 가난한 마음.
다시 읽는 책.

이 세 가지가 만나는 날에 서평을 쓰게 된다. 내게는 없지만 책에는 있는 목소리와 시선을 빌려 쓰는 글이다.

나로는 안 될 것 같을 때마다 책을 읽는다. 엄청 자주 읽는다는 얘기다. 그러고 나면 나는 미세하게 새로워진다. 긴 산책을 갔다가 돌아왔을 때처럼. 현미경에 처음 눈을 댔을 때처럼. 낯선 나라의 결혼식을 구경했을 때처럼. 어제의 철새와 오늘의 철새가 어떻게 다르게 울며 지나갔는지 알아차릴 때처럼. 커다란 창피를 당했을 때처럼. 어느 날 잠에서 깨어났을 때처럼. 나는 사랑을 배우고 책을 읽으며 매일 조금씩 다시 태어난다. 내일도 모레도 그럴 것이다.

2019년 가을
파주 헤엄 출판사에서
이슬아

차례

너는 다시 태어나려고 기다리고 있어

하마야. 너에게 이야기해주고 싶은 책이 있어. 그런 책이 많아서 이 책을 쓰기 시작하는지도 몰라. 가까이 둔 책들과 외워버린 문장들에 관해 가끔 쓸게. 실은 책 얘기를 빌려 딴 얘기를 하려는 거야. 책 때문에 다시 보게 되는 너와 이 세계의 모습을.

『식물원』이라는 제목의 시집이 있어. 시인의 이름은 유진목이야. 나는 그 이름이 좋아. 시인을 만난다면 무슨 한자로 이루어진 이름인지 묻고 싶어. 시집을 펴면 제일 먼저 이런 글이 적혀 있어.

식물원에 오신 것을 환영합니다.

입장료는 1만 원이며
제한 시간은 없습니다.

입구와 출구가 다른 곳에 있으니
이 점 유의하시길 바랍니다.

이게 '시인의 말'의 전부야. 페이지를 넘기면 숫자만
적힌 목차가 나와. 그다음 페이지에는 이렇게 쓰여 있어.

이른 아침 그는 식물원으로 들어갔다.

해질녘 그가 식물원에서 나왔을 때는
전 생애가 지나가버린 뒤였다.

나는 네가 오랫동안 식물원을 거니는 모습을 상상해.
살아가는 동시에 죽어가고 또 새로 살아나고 피고 지고 시
드는 식물들이 거기엔 많아서 너는 너도 모르게 아주 오래
그곳에 머물게 돼. 나의 또 다른 친구는 이 책을 두고 말했
어. 정말로 식물원 안을 거니는 느낌이 드는 시집이라고.
그런데 이상하게 너무 넓은 기분이라고.
　　다음 장부터는 스물다섯 장의 사진이 이어져. 언젠가

너랑 이 사진들을 찬찬히 보고 싶어. 처음 보는 이들의 모습인데 나는 꼭 기억을 더듬듯이 그들을 봐. 여러 생과 죽음이 이 시집에 있어.

언젠가 네가 그만 살고 싶은 듯한 얼굴로 나를 봤던 걸 기억해. 나는 무슨 말을 해야 할지 몰랐어. 네가 계속 살았으면 좋겠는데 고작 내 바람만으로 네가 살아서는 안 되잖아. 살아가려면 그보다 더 중요한 이유들이 있어야 하잖아. 울다가 잠든 네 모습을 한참 봤어. 아침이면 일어나고 싶은 생을 네가 살게 되기를 바랐어. 왜냐하면 나는 너 때문에 일찍 일어나고 싶어지거든. 일도 하고 너랑도 놀아야 해서 하루가 얼마나 짧은지 몰라. 네 규칙적인 숨소리를 들으며 이 책의 마지막 시를 읽었어. 일부를 옮겨 적어볼게.

(…) 그는 다시 태어나려고 기다리고 있다

한 번은 이제 태어나나 보다 하면서

이리 휩쓸리고 저리 휩쓸리다가

생각한 대로 잘 되지 않았다

한번은 태어나고 싶지 않아서

이리 도망치고 저리 도망치다가

나 같은 사람이 한둘이 아니구나 했다

지난번에 태어났을 때는 불편한 게 너무 많았어요

그때를 생각하면 지금은 많이 나아졌죠

그래도 어떤 건 옛날이 그리워요

한번은 너무 금방 다시 태어나서

내가 살던 집이 생각이 나더라고

집에 가고 싶어서 악을 쓰고 울었지

그러면 엄마가 와서 젖을 물리고

나는 혀로 밀어내고

두고 온 사람이 보고 싶어서

울다 까무러치고, 울다 까무러치고

그래서 그다음에는 너무 금방 다시 태어나지 않으려고

이리저리 도망치고 그랬던 거지

한번은 한참을 죽어서 있다가

당신도 죽었다는 것을 알고

얼마나 울었는지 몰라요

함께 마루에 앉아 저녁을 먹었던 거

손을 잡고 걸었던 거

늙은 몸으로

젊은 몸으로

한 이불 속에 누워 있었던 거 (…)

잠든 너랑 덮은 한 이불 속에서 나는 조금 울었어. 이 시집이 고단하고 슬퍼서. 그런 사람이 한둘이 아닐 거라서. 끊임없이 지나가는 동시에 반복되는 생들 속에서도 어떤 사랑은 자꾸만 기억이 난다는 게, 기억이 나서 울음이 난다는 게, 꼭 전생에 그래봤던 것처럼 이해가 되었어. 그리고 너에게 무슨 말을 하고 싶은지 알게 되었어.

너는 다시 태어나려고 기다리고 있어.

우리는 한 생에서도 몇 번이나 다시 태어날 수 있잖아. 좌절이랑 고통이 우리에게 믿을 수 없이 새로운 정체성을 주니까. 그러므로 기다리는 중이라고 말하고 싶었어. 다시 태어나려고, 더 잘 살아보려고, 너는 안간힘을 쓰고 있는지도 몰라. 그러느라 이렇게 맘이 아픈 것일지도 몰라. 오늘의 슬픔을 잊지 않은 채로 내일 다시 태어나달라고 요청하고 싶었어. 같이 새로운 날들을 맞이하자고. 빛이 되는 슬픔도 있는지 보자고. 어느 출구로 나가는 게 가장 좋은지 찾자고. 그런 소망을 담아서 네 등을 오래 어루만졌어.

해가 뜨면 너랑 식물원에 가고 싶어. 잘 자.

2019.04.05.

사노 요코의 『100만 번 산 고양이』와 『태어난 아이』를 읽고

사랑할 힘과 살아갈 힘

서재에서 사노 요코의 그림책들을 다시 꺼내보는 밤이야. 조금 울고 싶다는 뜻이자 용기를 내고 싶다는 뜻이지. 이제는 죽고 없는 작가, 사노 요코는 사는 동안 많은 글을 쓰고 그림을 그렸어. 덕분에 후대의 내가 그의 책들 속에서 몇 번이고 용기를 회복할 수 있지. 글로만 이루어진 산문집들도 너무나 좋지만 글과 그림이 함께 놓인 책들도 눈부시게 좋아. 그중 내가 가장 아끼는 그림책은 『100만 번 산 고양이』와 『태어난 아이』야. 전자는 사랑할 용기를, 후자는 살아갈 용기를 줘.

두 개의 짧은 이야기를 내 입으로 옮겨보고 싶어. 이 시간 어딘가에서 쳐진 어깨로 밤이나 아침을 맞이하는 너

를, 혹은 만나본 적 없지만 내 맘 속에 그릴 수 있을 것만 같은 얼굴들을 생각하면서, 그리고 내일의 나를 생각하면서 이야기를 옮겨볼게.

우선, 백만 년이나 죽지 않은 고양이가 있었어. 백만 번이나 죽고 백만 번이나 살았던 거야. 정말 멋진 얼룩 고양이였어. 백만 명의 사람이 그 고양이를 귀여워했고 백만 명의 사람이 그 고양이가 죽었을 때 울었대. 하지만 고양이는 단 한 번도 울지 않았지.

한때 고양이는 임금님의 고양이었고, 뱃사공의 고양이였고, 서커스단 마술사의 고양이였고, 도둑의 고양이였고, 홀로 사는 할머니의 고양이였지. 누구의 고양이로 태어나느냐에 따라 다르게 살고 다르게 죽었어. 그러다가 거짓말처럼 다시 태어났어. 그렇게 백만 년 가까이를 살았어.

한때 고양이는 누구의 고양이도 아니었어. 도둑 고양이였던 거야. 그때 고양이는 처음으로 자기만의 고양이가 되었어. 자신을 무척 좋아하게 되었고 말이야.

그의 얼룩은 무척 멋졌어. 그래서인지 인기가 많았어. 다른 고양이들은 그에게 진귀한 개다리나무를 선물했어. 멋진 얼룩무늬를 핥아 주는 고양이도 있었지. 하지만 우리의 얼룩 고양이는 이렇게 말해.

"나는 백만 번이나 죽어봤다고. 새삼스럽게 이런 게

다 뭐야!"

그는 누구보다 자기 자신을 좋아했던 거야.

그런데 그를 본 척도 안 하는 새하얀 고양이 한 마리가 있었어. 얼룩 고양이는 하얀 고양이 곁으로 다가가 이렇게 말했어.

"난 백만 번이나 죽어봤다고!"

그런데 하얀 고양이는 "그러니"라고만 대꾸할 뿐이었지. 얼룩 고양이는 은근히 화가 났어. 그래서 다음 날에도 다다음 날에도 하얀 고양이에게 다가가 말했어.

"너 아직 한 번도 죽어보지 못했지?"

하얀 고양이는 이번에도 "그래"라고만 대꾸했어. 초조한 얼룩 고양이는 괜히 빙그르르 공중 돌기를 세 번이나 하고서 말해.

"나, 서커스단에 있었던 적도 있다고."

하얀 고양이는 이번에도 짧은 대답을 했어. "그래."

얼룩 고양이는 "난 백만 번이나…" 하고 말을 꺼냈다가 이렇게 물어. "네 곁에 있어도 괜찮겠니?"

하얀 고양이는 괜찮다고 대답해.

그 후로 둘은 늘 붙어있게 됐어. 새끼 고양이도 많이 낳았어. 얼룩 고양이는 이제 "난 백만 번이나…"라는 말을 절대로 하지 않았어. 그는 자기 자신보다 하얀 고양이와 새끼 고양이들을 더 좋아할 정도였어.

시간이 흘러 새끼 고양이들도 자라 뿔뿔이 흩어졌어. 얼룩 고양이와 하얀 고양이는 만족감 속에서 야옹야옹 부드럽게 울었어. 둘 다 어느새 늙은 고양이가 되었어. 얼룩 고양이는 하얀 고양이와 더 오래오래 살고 싶다고 생각했어.

어느 날 하얀 고양이는 얼룩 고양이 곁에서 조용히 움직임을 멈췄어. 얼룩 고양이는 처음으로 울었어. 밤이 되고 아침이 되도록. 또 밤이 되고 아침이 되도록. 그는 백만 번이나 울었어. 그러다 어느 날 낮에 울음을 그쳤어. 하얀 고양이 옆에서 조용히 움직임을 멈춘 거야.

그리고 두 번 다시 되살아나지 않았어.

이야기는 여기까지야. 『100만 번 산 고양이』는 이렇게 끝나.

이 그림책에서 나는 두 가지 순간을 특히 좋아해. 하나는 얼룩 고양이가 "난 백만 번이나…"라는 말을 절대로 하지 않게 되는 순간. 그것은 이제부터 나의 일부를 너로 채우겠다는 다짐과도 같아. 백만 번의 환생과 백만 년의 유구한 과거도 너와의 현재 앞에서는 과시할 필요가 없어지는 거야. 마치 처음 태어난 존재처럼 너에게 그리고 미래에게 배우기만 해도 바쁘니까.

다른 하나는 그가 두 번 다시 되살아나지 않는 순간이야. 어째서일까. 이번에는 왜 뚝딱 환생하지 않을까. 사노 요코의 마음을 정확히는 모르지만 나는 이렇게 짐작해 봐. 아마도 얼룩 고양이가 바라온 삶을 최대로 실현했기 때문 아닐까. 어떤 순간이 가진 최대치의 깊이에 도달해봤기 때문 아닐까. 그러므로 다시 태어나지 않아도 되었던 거야. 혹은 바로 그렇기 때문에 다시 태어날 수가 없었던 거야. 처음으로 생이 소중했기에, 나만큼이나 소중한 남들을 만나봤기에, 그런 건 쉽게 반복할 수 없다는 걸 알게 되지도 몰라. 너무 좋았고 너무 아팠기 때문에 차마 두 번은 못 하는 건지도 몰라.

하지만 나라면 바로 그 이유로 또 반복하고 싶었을지도 모르겠어. 장강명의 소설 『그믐, 또는 당신이 세계를 기억하는 방식』은 그것에 관한 이야기라고도 생각해. 다 끝난 다음에도 '한 번 더'를 외치는 생과 사랑 말이야.

그로부터 십사 년 뒤에 사노 요코는 또 다른 그림책을 만들었어. 그 책의 제목이 『태어난 아이』야. 이 이야기도 옮겨볼게.

태어나고 싶지 않아서 태어나지 않은 아이가 있었어. 그 아이는 날마다 이리저리 돌아다녔어. 우주 한가운데부터 별 사이까지. 별에 부딪혀도 아프지 않았어. 태양 가까

이 다가가도 뜨겁지 않았어. 태어나지 않았으니 아무 상관
도 없었던 거야.

어느 날, 태어나지 않은 아이가 지구에 왔어. 성큼성큼
걸었어. 산을 넘고 들을 건너 계속 걸었어. 사자가 나타나
도 무섭지 않았고 모기에 물려도 가렵지 않았어. 태어나지
않으니 아무 상관도 없었던 거지. 토마토 밭을 지나고 물
고기가 사는 강을 건너고 강아지가 따라와 핥아도 아무 느
낌이 없었어.

태어나지 않은 아이는 마을에 다다랐어. 사람들이 바
쁘게 걷고 있었어. 소방차가 달리고 경찰이 도둑을 쫓고,
빵가게에서는 구수한 냄새가 났어. 하지만 먹고 싶지 않았
어. 아무 상관 없었으니까. 아이는 공원에 오도카니 앉아
서 아무 상관없는 것들을 바라보았어.

또 다른 아이가 강아지를 데리고 공원에 왔어. 이미 태
어나 살아가고 있는 아이였어. 태어난 아이가 "안녕?" 하
고 인사했지만 태어나지 않은 아이는 대답하지 않았어. 아
무 상관이 없었거든. 어느새 강아지 두 마리가 컹컹 짖으
며 싸웠고 태어난 아이는 "하지 마, 하지 마!"라고 말렸
어. 하지만 태어나지 않은 아이는 물끄러미 바라보기만
했지.

강아지 한 마리가 태어난 아이를 물었어. 그 애는 엄

마에게 달려가 울었어. 엄마는 "괜찮아, 괜찮아" 하며 달랬어.

태어나지 않았으니 아무 상관도 없었지만, 태어나지 않은 아이는 태어난 아이를 총총 따라가봤어. 그 애 엄마가 깨끗이 씻겨주고 약을 발라주고 반창고를 붙여주었어.

그러자 태어나지 않은 아이도 반창고가 붙이고 싶어졌어. 그는 "반창고! 반창고!" 하고 외쳤어. "엄마!"라고도 외쳤어.

태어나지 않은 아이는 마침내 태어났어. 태어난 아이가 되었어. 태어난 아이는 팔과 다리가 아파서 울었어. 엄마가 달려와서 태어난 아이를 품에 안아주었어. "괜찮아, 괜찮아" 하고 말해주었어. 깨끗이 씻겨주고 약을 발라주고 반창고를 딱 붙여주었어. 태어난 아이는 "야호!" 하며 엄마한테 안겼어. 부드럽고 좋은 엄마 냄새가 났어. 어디선가 빵 냄새도 났어. 태어난 아이는 배가 고프다고 말했어. 빵을 오물오물 맛있게 먹었어.

태어난 아이는 이제 모기에게 물리면 가려웠어. 바람이 불면 깔깔깔 웃었어. 공원 저쪽에서 걸어오는 친구를 보고 손을 흔들며 소리쳤어. "내 반창고가 더 크다!"

밤이 되었어. 태어난 아이는 잠옷을 입고 엄마한테 말했어.

"이제 잘래. 태어나는 건 피곤한 일이야."

엄마는 웃었어. 태어난 아이를 꼭 껴안고 잘 자라고 입맞췄어. 태어난 아이는 푹 잠들었어.

『태어난 아이』는 이렇게 끝나.

『100만 번 산 고양이』의 마지막과는 달리, 태어난 아이는 다음 날 아침에 눈을 뜨겠지. 그리고 한참을 더 살아가겠지. 태어났으니 이제 너무나 상관있게 된 것들을 모조리 느끼면서. 가끔은 이렇게 또 말하겠지. 태어나는 건 피곤한 일이라고.

오늘은 나 역시 그 말을 내뱉은 하루였어. 태어나는 건 정말 피곤한 일이지 뭐야.

하지만 또 어느 날에는 태어나서 참 좋다고 말하는 날이 또 오게 될 것을 알아. 시인 쉼보르스카가 말했듯 두 번은 없을 테니까. 지금도 그렇고 앞으로도. 아무런 연습 없이 태어나서 아무런 훈련 없이 죽기까지 우리는 모든 일을 꼭 한 번씩만 겪어. 반복되는 하루는 단 한 번도 없지. 두 번의 똑같은 밤도 두 번의 동일한 눈빛도 없어.

『100만 번 산 고양이』와 『태어난 아이』 사이에서 얻은 힘으로 나는 내일을 맞이할 준비를 해. 사랑할 힘과 살아갈 힘은 사실 같은 말인지도 모르겠어.

2019.05.27.

한마디로는 못 하는

서울로 돌아오는 길에 너랑 들었던 음성 방송이 기억나.
차 오디오에서 김영하 작가의 목소리가 흘러나왔지. 그는
아주 분명한 음성으로 여러 편의 소설을 읽어줬는데 운전
하던 네가 갑자기 성대모사를 시작했어. 그 분 특유의 억
양을 따라한 거였어. 정말이지 똑같아서 놀랐지 뭐야. 너
는 종종 아무렇지도 않게 기막힌 흉내를 내더라. 심각한
베네치오 델 토로와 인상 쓴 브레드 피트와 잘못을 싹싹
비는 최민식도 따라할 수 있잖아. 흉내에 젬병인 나는 그
저 속수무책으로 웃기만 했네. 막 웃다가 다시 김영하 작
가의 낭독을 들었지. 너도 유심히 듣고 있을 그 음성을.

그 날 들은 몇 편의 쟁쟁한 소설들 중에서도 우리를 유

독 쥐락펴락한 건 박완서 선생님의 단편이었어. 내가 태어난 1992년에 발표된 「그리움을 위하여」라는 단편 말이야. 그 소설 정말 최고잖아. 웃긴 부분에서 같이 웃고 좋은 부분에서 같이 탄성을 지르며 도로 위를 달렸지. 이제는 세상에 없는 작가의 소설을 읽는, 또 다른 작가의 목소리를 오랫동안 잠자코 들었어.

하마야. 우리가 입을 닫은 채로 같은 소리를 듣고 있다는 게 얼마나 좋았는지 몰라. 대화만큼이나 소중한 침묵이었지. 그저 듣기만 할 때 우리에게 중요한 것들이 깃드는 걸 느끼곤 해. 이를테면 박완서 선생님의 시선 같은 것. 그가 구현해낸 별별 인간 군상들의 목소리 같은 것.

서울로 돌아와서는 내 책장을 쭉 훑어봤어. 고민하다가 백 권 넘는 책을 꺼내서 중고 서점에 팔았어. 그랬는데도 여전히 많은 책이 남아 있지만 필요하지 않은 책을 정리하고 나니 속 시원했어. 실은 박완서 선생님을 따라해본 거였어. 그 분은 원고가 안 풀릴 때마다 책장을 정리하셨대. 『박완서의 말』이라는 책에 그렇게 적혀 있어. 선생님이 살다 가신 1931년부터 2011년까지의 독서 경험이란 어떠했을지 난 그저 상상만 해봐. 아이 다섯을 키우면서도 잠을 줄여가며 꾸준히 읽으셨다는데, 6.25 때는 이북으로 피난을 가느라 아무 책도 챙겨갈 수 없었대. 그래서 피난

길에 들른 방에 도배된 낡은 신문지를 보셨다는 거야. 심지어 나중에는 짐 보따리를 밟고 올라가 천장에 도배된 신문까지 다 읽으셨대. 그렇게 마흔에 작가가 되고 여든 살 무렵에 돌아가시기 전까지 아주 많은 작품을 남기셨지. 이런 사연들이 적힌 『박완서의 말』을 내가 읽는 동안, 하마 너는 『레비스트로스의 말』을 읽고 있던 게 생각나. 둘 다 남의 말을 옮겨 적은 책에 심취한 시기였네. 왜일까? 우리의 말만 기억하며 살아가기엔 빈약해서일까? 『박완서의 말』은 이렇게 시작해.

내가 한마디로 표현할 수 있으면
소설을 결코 쓰지 않겠죠.

첫 장에 적힌 이 문장을 읽을 때마다 웃음이 나. 소설가들의 고생이자 힘의 원천을 한마디로 표현한 말 같아서.

이 책은 1990년대에 이루어진 인터뷰들을 모은 대담집이야. 고정희, 피천득, 오숙희, 공지영, 정효구 선생님 등 당대의 문인들과 박완서 선생님이 주고받은 대화가 거의 그대로 실려 있어. 인터뷰어들은 여러 질문을 건네. 이를테면 '그 유려하고 반짝이고 거침없는, 있을 자리에 꼭 단어가 들어가 박히는 그 힘이 어디서 오는가'를 질문하고, 페미니즘에 관한 입장을 묻고, 소설의 전개에 문제를 제기하고, 질투와 슬픔과 상실에 대해서도 물어.

나는 박완서 선생님의 목소리를 떠올리며 대답을 읽어. 띄어쓰기는 규칙대로 적용되어 있지만 어떤 말과 어떤 말 사이는 유독 공백이 길게 느껴졌어. 책에는 적히지 않은 침묵과 미세한 표정변화가 느껴지는 말들이 있어.

내가 선생님께 궁금했던 건 이런 거야. 어쩜 그렇게 재밌고 탁월한 소설을 그렇게나 많이 쓸 수 있었을까. 소설을 쓸 수 없던 사람이 소설을 완성한 사람이 되는 것. 굉장한 변화라고 생각하거든. 어쩌면 진화일지도 모르겠어. 선생님은 원래 논픽션으로 글쓰기를 시작하셨대. 젊은 날에 목격한 박수근 화백에 대한 전기를 논픽션에 가깝게 쓰고 계셨어. 그 인물에 대한 어떤 존경과 안타까움이 있으셨거든. 박완서 선생님은 그 과정에 대해 이렇게 회상하셔. 1991년 시월의 인터뷰야.

그걸 증언하고 싶다는 생각으로 쓰게 됐죠. 그러다 보니까 논픽션 쓴다는 게 제 소질에 잘 안 되더라구요. 물론 논픽션 작가에게는 소설 쓰기가 더 힘들어 보일지도 모르지만. 쓰면서 자꾸 뭔가 보태 넣고 싶은 거 있죠? 사실과 다른 걸 뭔가 보태서 내가 원하는 어떤

인간상을 만들고 싶은 욕구가 자꾸 생기고 그래서 자
꾸 거짓말을 보태게 되고. (…) 그래서 딱 소설로 바
꿨을 때, 제 생각으로는 그게 내 자기 발견이 아니었
나 싶습니다. (…) 사실에 근거해야 된다는 생각으로
쓸 때와는 달리 내가 알고 있는 몇 가지 사실로부터 놓
여나니까 굉장히 자유스러워지더라구요. 그래서 쓴 게
『나목』이에요.

－『박완서의 말』, 78쪽

『나목』이라는 데뷔작은 그렇게 논픽션에서 픽션으로
수정되었던 거지. 이 변화를 상상하면, 선생님이 언급하신
'자유스러움'이라는 말이 바람처럼 내 맘을 스쳐. 픽션화
의 과정을 어떻게 저렇게 꾸밈없이 소박하게 말씀하실까
놀랍기도 해. 같은 페이지에서 또 이런 말들이 이어져.

언젠가는 글을 쓸 것 같은 예감은 있었던 것 같아요.
(…) 가령 너무 견딜 수 없는 사람을 만났다고 쳐요. 인
간적인 모욕을 받았을 때 그걸 견딜 수 있게 해준 것도
언젠가는 당신 같은 사람을 한번 그려보겠다 하는 복
수심 같은 거죠. (…) 인간으로서 최소한의 자존심도
지킬 수 없는 궁지에 몰렸을 때도, 거기서 구원이 됐던

건 내가 언젠가는 저런 인간을 소설로 한번 써야지 하
는, (…) 불행의 제일 밑바닥에서도 그것이 불행감을
조금 덜어주고 그래서 아주 뼛속까지 불행하지는 않았
던 것 같아요.

- 같은 책, 78쪽

어쨌든 이야기를 쓰는 사람이 경험하는 특수한 과거와
현재와 미래가 있다고 생각해. 이들은 끊임없이 재구성하
는 방식으로, 고통스러운 현재를 견디는 것 같아. 뼛속까
지 불행하지는 않을 수 있는 힘은 남과 나 모두를 거리를
두고 보는 시선에서 나온 걸지도 몰라.

너무 견딜 수 없는 사람을 만났을 때 '당신 같은 사람
을 한번 그려보겠다'라는 마음이 드는 것. 너는 이해하니?
너나 나나 그 원동력으로 이야기를 출발시키지는 않지. 복
수심을 가지고 쓰는 건 참 위험하니까. 하지만 너무 이해
할 수 있지 않아? 당신 같은 사람을 한번 내 이야기로 데
려와 보겠다는 마음 말야. 지금은 내가 비록 이렇게 참고
만 있어도 언젠가 당신에 관해 신랄한 픽션을 완성해주겠
다고 이를 가는 마음. 상상할 수 있어.

지금껏 나는 견딜 수 없는 사람 말고 사랑하는 사람만
을 주로 글에 데려왔어. 하지만 그런 글의 한계도 알고 있

지. 어떤 위선이랄까. 너무 뭉툭한 모서리랄까. 그런 아쉬움을 내 글에서 느껴. 나는 박완서 선생님의 후기작들 같은 이야기를 향해 꾸준히 가고 싶어. 복수심이나 정의감 이상의 것이 그 소설들에 있지. 선생님은 소설에 대해 이렇게 말씀하기도 하셨어.

논문이나 학술 서적은 억지로라도 읽어야 하겠지만 소설은 달라야 해요. 이를테면 책이 사람을 불러들여야 하는 것이지요. 그렇게 되려면 우선 작품이 재미있게 읽혀야 할 것이고, 딱딱하지 않게 문학적 향기 같은 것도 지니고 있어야 하겠지요.
– 같은 책, 64쪽

'문학적 향기'라니. 이 말이 재밌어서 몇 번이나 곱씹었어. 내가 문장을 계속 다듬고 훈련하는 것도 문학적 향기를 내기 위한 것일까? 문학적 향기란 어쩌면 '이야기를 하는 표정'일지도 모르겠어. 작가는 그 표정을 여러 개가진 사람이야. 능수능란하게 바꾸기도 하는 사람이야. 1996년에 진행된 또 다른 인터뷰에서 선생님은 이런 말도 하셨어.

어느 정도 차오를 때까지 기다려야 해요. (…) 차오를 때까지 기다렸다는 게 지금까지 오래 글을 쓸 수 있게 하는 거 같아요. 경험이 누적돼서 그것이 속에서 웅성 거려야 해요. 지금 내 나이가 예순다섯인데 어떤 때는 한 500년은 산 것 같아요.

– 같은 책, 143쪽

이 말 너무 놀랍지 않아? 예순다섯인데 한 오백 년은 산 것 같다는 말. 여러 개의 생을 마음속에서 아주 많이 리플레이했기 때문은 아닐까. 잔뜩 차오르고 웅성거려서 더 이상은 쓰지 않고는 못 배기겠다 싶을 때까지 기다리는 선생님의 모습을 상상해봐.

차오르기도 전에 소진해버린 이야기들이 내게는 많아. 그때그때 최선을 다하기는 했지만, 하루짜리 최선과 일 년 짜리 최선은 몹시 다를 거야. 박완서 선생님의 말들을 읽으며 나는 좀 더 두고 보는 사람이 되겠다고 다짐해. 선생님이 태어나고 61년 뒤에 내가 태어났어. 반백 년 이상의 세월이 그 분과 나 사이에 놓여 있지. 그 분은 원고지에 글을 써서 타자기로 옮겨서 신문사에 글을 보내며 연재했고 나는 노트북으로 글을 써서 직접 이메일로 전송해서 연재하지. 다른 시대와 다른 환경에서 일하면서도 나는 계속 박완서 선생님의 글을 닮고 싶어 해. 선생님은 말씀하셨어. 전쟁을 겪지 않았다면 사회적인 관심이 없는 문학을 했을 거라고. 결코 현실 참여적이지 않았을 거라고. 그런데 전쟁이 선생님의 인생에 깊은 상처를 냈고, 나름대로 직조하고픈 운명과는 자꾸 달라졌기 때문에 속수무책으로 문학의 방향이 달라졌다고.

책 표지에는 선생님 사진이 있어. 선풍기 앞에서 넉넉한 치마를 입고 편하게 앉아계신 모습이야. 여름날인 듯한데 선풍기 전원은 꺼져 있어. 책장을 넘겨보면 중간중간에 또 다른 사진들이 있지. 화분에 물을 주는 모습. 식탁에 뭔가를 내오는 모습. 문학상 시상식에서 한복을 입고 상을 받는 모습. 손자들 사이에 둘러싸인 모습. 그보다 오래 전, 어깨에 뽕이 잔뜩 들어간 자켓을 입고 구두를 신고 골목을 걸어가는 모습. 그보다 더 오래 전, 약혼자의 이름으로 남편과 나란히 앉은 모습. 연인이었던 모습. 연인 시절의 사진에서는 수줍게 긴장한 표정으로 카메라를 보고 계셔. 입을 다물었기 때문에 특유의 귀여운 윗니들도 드러나지 않아. 1953년의 사진이야. 웃음이 나다가 마음이 좀 아파질 정도로 젊은 모습이지.

그 사진을 한참 봤어. 그러다 소설이 한 편 떠올랐어. 1970년대 초에 선생님이 쓰신 단편이지. 제목은 「연인들」. 당시의 젊은 남자가 주인공이야. 이렇게 시작해.

　나도 못생긴 편은 아니지만 내 여자애는 정말 예뻤다.
무엇보다도 우리는 젊었다. 우리에게 시월의 양광이
오히려 사월의 그것보다 화사했고, 매연 자욱한 도심
의 번화가에서 달착지근한 꽃내음이라도 맡을 듯이 가
슴과 콧망울이 함께 부풀어 있었다. 이러다가 그 왜 있
잖아, 사랑이라는 걸 하려는 거 아냐? 문득문득 사랑에
의 예감이 우리를 간지럼 태우고 그럴 때마다 우리는
뜻없이 키들댔다. 우리는 많이 웃고 많이 지껄였다. 신
촌 로터리에서 만나 서대문을 지나 서울고등학교 모퉁
이까지가 걸어서 이렇게 잠깐인 줄은 미처 몰랐었다.
　ー「연인들」, 『부끄러움을 가르칩니다』, 191쪽

　재밌지 않아? 연인들의 모습이라는 게. 연애를 하는
사람들이라는 게. 몇십 년 전이나 지금이나 마찬가지로 바
보 같고 귀엽고 한심하고 즐겁다는 게. 우리 같기도 하고,
우리가 아는 다른 연인들 같기도 하네. 그 왜 있잖아, 사랑
이라는 걸 하려는 거 아니냐고 예감하는 사람들. 그 예감
이 간지러워서 키득거리는 사람들.
　하마야. 네가 만약 『하마의 말』이라는 책을 쓴다면 그

책의 장르는 유머집이 될지도 몰라. 너는 매일매일 농담을 준비하니까. 『이슬아의 말』을 쓴다면 장르는 불분명해도 그 책엔 너무 라는 말이 너무 많이 들어가겠지. 요즘에만 유효할 문장들이 주로 적히겠지. 먼 훗날 누군가가 우리의 책을 본다면 이 시대의 한계 또한 느끼겠지. 어떤 것들은 시대가 지나도 유효할지도 몰라. 하지만 지금은 알 수가 없어. 우리는 그냥 지금 할 수 있는 얘기를 할 뿐이지. 박완서 선생님도 모르셨을 거야. 자신의 이야기 중 어떤 것들이 오래 남을지를.

너에게 아침마다 물어보곤 해. 여전히 나를 좋아하냐고. 너는 그렇다고 대답하지. 나는 어째서 정기적으로 확인하려 드는 걸까. 마음이 빈곤한 사람처럼 말이야. 그런 나에게 네가 이렇게 말했어.

"그럴 땐 좋은 방법이 있어."

"뭔데?"

"그냥 먼저 사랑을 주는 거야. 주면서 알게 되거든."

그래서 너는 아침마다 말없이 나를 꼭 껴안았던 것일까? 안아보기 전에는 모르는 사랑이 있지. 걸어보기 전에는 알 수 없는 체력과, 싸우기 전에는 낼 수 없는 힘도 있지. 써보기 전에는 상상할 수 없는 이야기도 있고 말야.

다음 달에는 이번 달보다 더 자주 소설을 쓰고 싶어.

한마디로 표현할 수 있다면 결코 쓰지 않을 소설이란 것을 말이야. 독자들 중 아무도 소설인 줄 몰라주더라도 말이야. 좋은 아침이야. 결코 한마디로는 쓸 수 없을 하루를 오늘도 살아보자. 하마에게, 사랑과 용기를 담아.

2019.06.07.

미래의 정의

쓰레기를 버리다가 하마 너를 생각했어. 이렇게 운을 떼는 날이 잦아진 것 같아. 하지만 사실인 걸. 물구나무를 서다가 할아버지를 생각했듯, 꽃나무 아래를 걷다가 할머니를 생각했듯, 오늘은 쓰레기를 버리다가 너를 생각했던 거야. 실수로 또 컵을 깨뜨렸기 때문이야.

　지난번에 컵을 깼을 땐 네가 방에서 달려 나왔지. 나보고 한 발짝도 움직이지 말고 그대로 있으랬잖아. 너는 유리조각을 봉투에 조심조심 담은 뒤 혹시나 있을 작은 조각을 청소기로 빨아들였어. 그동안 나는 부엌 벽에 기댄 채 가만히 서서 너를 바라보았어. 바닥에 무릎을 꿇고 내 주변의 모든 위험 요소를 꼼꼼히 제거하는 너를. 눈을 크게 뜨고 구석구석 살피며 미세한 유리조각을 찾아내는 너를. 투명한 유리라 치우기가 까다로운 듯했어. 그 순간 네 인생에서 가장 중요한 일은 바로 그 청소인 것 같았어.

이제 움직여도 된다고 네가 말했어. 나는 고맙다고 말하며 유리조각이 담긴 봉투를 받았어. 집 앞 재활용쓰레기 버리는 곳에 곧 내놓을 생각이었어. 너는 방에서 종이랑 매직이랑 테이프를 가져왔어. 뭔가를 슥슥 쓰고 그리더니 봉투 겉면에 붙였어. 그 종이에는 네 글씨로 이런 문장이 적혀 있었어.

'유리가 들어 있으니 조심하세요.'

아래엔 깨진 컵의 모양이 간단히 그려져 있었지. 우리는 같이 재활용쓰레기 버리는 곳에 그 봉투를 두고 왔어. 네가 붙인 경고문이 잘 보이도록 놓았어. 나도 너처럼 글을 쓰고 그림을 그리지만 그런 건 해본 적이 없었어.

너를 보며 생각했어. 윤리란 나의 다음을 상상하는 능력일지도 모르겠다고. 내가 버린 봉투를 야간 청소 노동자 분이 무심코 집어 들다가 조금이라도 다칠 가능성. 깨진 유리 조각이 내 손을 떠난 뒤에 벌어질 미래. 그 전까지는 제대로 상상해본 적 없어. 너는 그 미래를 어떻게 상상할 수 있었을까. 비슷하게 다쳐본 적이 있는 걸까.

실은 직접 겪어보지 않아도 조금만 신경 쓰면 알게 되

는 거겠지. 우리는 간혹 자기도 모르게 타자의 자리에 서는 존재니까. 나를 고통스럽게 하는 건 남에게도 고통스러울 확률이 크다는 걸 아니까. 그래서 자신을 스친 위험 요소가 다른 이에게 옮겨가지 않도록 움직이는 거겠지.

요즘은 재활용 쓰레기를 최대한 곱게 내다 놓고 있어. 가까운 미래를 상상하게 되니까. 제일 좋은 건 쓰레기를 덜 만드는 거겠지만 이미 생긴 쓰레기는 적어도 다음 과정에서 되도록 실례가 없게끔 정리해. 오늘은 네가 없을 때 컵을 깨서 혼자 조심하며 유리조각을 치웠어. 부엌 창밖에서 하교하는 아이들이 웃고 떠드는 소리가 들렸어.

너는 어떤 하루였을지 궁금해. 아침엔 출근을 하며 이제는 정말 봄이라고 느꼈을 것 같아. 걸음을 재촉해서 일터로 들어갔겠지. 그곳에서 저녁 때까지 일을 했겠지. 쉬는 시간엔 핸드폰을 보았겠지. 나의 메시지와 친구들의 소식과 무너진 노트르담 성당의 사진. 그리고 여러 미디어를 채운 추모의 말들.

나도 보았어. 에스엔에스 속 노란 리본과 유가족 인터뷰와 사진과 기사. 벚꽃나무 꽃을 다 쥐어뜯고 싶었다던 부모들의 말과, 5년째 반복되고 있을 그들의 4월을 핸드폰 화면을 통해 읽었어. 봄이 돌아오는 게 그렇게 미웠다고, 그들 중 누군가가 말했어.

4월 16일이면 웃음소리를 낮추는 수많은 사람들을 봐. 우리는 동시대에 실시간으로 이 참사를 목격한 자들이야. 사랑하는 사람이 작은 유리조각을 밟는 것조차 견딜 수 없는 우리는 그들을 따라서 울게 돼. 사랑하는 마음을 짐작할 수 있어서. 그런 사람을 잃은 고통은 차마 헤아리기도 어려워서. 오늘이 아니어도 세월호를 기억하고 말하지만 그래도 오늘은 더. 더.

너랑 같이 다시 읽고 싶은 책이 있어. 2년 전 4월 16일에 세상에 나온 책이야. 이 책은 슬픔과 애도가 어떻게 다른지 이야기해. 슬픔은 상실을 마주한 채로 고통받는 감정이야. 반면 애도는 슬픔을 끝내기 위한 작업이야. 언뜻 비슷한 과정처럼 보이지만, 사실 애도는 슬픔의 지속이 아니라 슬픔의 종결을 위한 작업이라고 해. 상실한 사람들이 섣부른 애도를 거부하는 이유가 여기에 있어. 슬픔의 봉합을 거부하기 때문이야. 슬픔의 보존을 요구하기 때문이야. 이 책 『속지 않는 자들이 방황한다』에서 옮겨 적어볼게.

이제야 우리는 그들이 슬퍼하기를 멈추지 않았던 이유를 알게 된다. (…) 그것은 세계의 균열이었던 그 상실을 봉합할 정당한 언어가 존재하지 않았기 때문이다.

상처를 위로할 합당한 단어와 문장들이, 말을 지탱하는 법과 규범들이 우리 공동체 안에 존재하지 않았기 때문이다. 그들이 슬픔을 통해 항변하려 했던 것은 부당함이었다.

– 백상현, 『속지 않는 자들이 방황한다』, 21~22쪽

참사 이후의 일들을 너도 기억하지. 우리는 '한국 사회가 감당할 수 있는 정의와 감당할 수 없는 정의의 간극'을 보았어. 박근혜 정부가 의존하던 '한 줌의 유사-정의'가 얼마나 보잘 것 없는지도. 그걸 마주하자 더 이상 속을 수 없는 자들이 생겨났어.

공동체의 일원이 된다는 것은 적당한 속임수에 동의한다는 걸 의미하기도 하잖아. 하나의 사회는 사실 적당히 속아주는 사람들 덕분에 유지되니까. 하지만 유가족은 그 모든 것에 속지 않는 자들로서 방황했어. 기존 권력으로 유지되는 현재 세계를 거부하면서. 그들의 요구는 현재 세계에서 통용되는 정의를 낡고 초라한 것으로 만들었어. '적당한' 수준의 정의가 민낯을 드러내도록 했어.

『속지 않는 자들이 방황한다』는 그 방황이 긍정되고 지속될 수 있도록 언어를 세공하는 책이야. '세월호에 대한 철학의 헌정'이라는 부제를 오래 들여다봤어. 이 책은

슬퍼하는 것 자체의 역능을 논증하며 세월호를 새롭게 애도할 방법을 찾아. 새로운 언어로 애도하는 것이 새로운 세계가 나타나도록 하기 때문이야. 이것이 공동체의 상처에 대해서 철학이 할 수 있는 최대한의 치유라고 책은 말해. 이 책의 저자인 백상현 선생님은 유가족에 관해 이렇게 쓰기도 했어.

그들은 자신들이 한 일을 알고 있을까? 당신들이 진리의 장소에 도달하였으며, 그것을 슬픔의 형식으로 세상에 전파했던 일들을. 단지 304명의 생명에 관한 진실이 아니라 인간 일반에 관한 진실을 전하는 방식으로 진리의 촛불을 보존했던 일들을. 당신들의 촛불이 밝혔던 것은 침몰해가는 수많은 세월호들의 또 다른 생명들에 관한 존중이었다는 사실을.

아마도 알고 있으리라. 그 누구보다 강렬하게. 당신들의 투쟁을 견디게 했던 것은 증오가 아닌 사랑이기 때문에. 사랑하는 사람의 상실을 인간 일반에 대한 사랑으로 변화시키는 것은 당신들이 보여준 슬픔의 위대한 힘이었기 때문에.

- 같은 책, 96쪽

이 책을 통해 나는 슬픔을 다시 배워. 그들이 슬픔으로 얼마나 엄청난 일들을 해냈는지를, 그러므로 어째서 보존되어야만 하는지를 알게 돼. 속지 않는 자들의 방황을 지지하고 알리게 돼. 그들 덕분에 우리는 미래의 정의를 얻었다고, 이 책은 말해.

미래의 정의가 무엇인지 다는 알 수 없지만 적어도 하나는 확실해. 비슷하게 끔찍한 일이 반복되지 않는 거야. 그러려면 이 사회의 무수한 재난들을 유심히 들여다봐야 하잖아. 정혜윤 피디님이 들려주었던 말 기억해? 나쁜 일이 또 일어나지 않으면 좋겠다는 말. 내가 겪은 이 나쁜 일을 당신은 부디 겪지 말라고 알려주는 게 바로 연대라는 말. 그 말이 얼마나 절실했는지도 말이야. 알아들을 수 있었어. 너도 마찬가지일 거야. 너는 깨진 유리조각이 담긴 쓰레기봉투조차 조심해서 버리는 사람이니까.

이 고통이 또 생기지 않도록 애쓰겠다고 다짐하며 오랫동안 글을 고쳤어. 이건 나에게 너에게 우리에게 그리고 미래에게 하는 약속이야. 어마어마한 슬픔을 품고도 용기 내어 살아가는 이들을 기억하기 때문이야. 미래의 정의를 너랑 같이 배워가고 싶어.

2019.04.16.

엄마도 그런 여자를 알고 있어?

복희에게.

1970년대의 아가씨들이 쓴 편지처럼 시작해보고 싶어. 그들은 꼭 날씨 얘기로 운을 띄우잖아.

엄마가 고생을 많이 했던 계절이야. 폭염이 시작되고 있지. 이제는 초여름이란 말도 좀 무색하네. 창밖으로는 진녹색 잎사귀들과 지나가는 사람들이 보여. 다들 팔다리를 드러낸 차림으로 퇴근하고 있어. 해가 지는 중이야. 그래도 저녁에는 선선한 바람이 불지. 나는 찻집에 혼자 앉아 편지를 써. 엄마에게 시 한 편을 전해주고 싶어서. 유진목 시인이 쓴 것인데, 이 시의 풍경을 엄마라면 나보다 더 생생히 그릴 수 있을 것 같아.

혹시 미경이라는 이름을 가진 사람을 만나본 적 있어? 그런 사람은 많으니까 한 번쯤 마주쳤을 거야. 수많은 미경들 중 하나를 말야. 지금 내가 소개할 시의 제목은 「미경에게」야. 꼭 1970년대의 어느 여자가 미경에게 쓴 편지처럼 보여. 이렇게 시작해.

햇빛이 거미줄처럼 하얗게 투시되고 마당에서는 새로운 생명의 전주곡이 울려 퍼지고 있어 또 다시 맞는 새로운 하루가 달아날 기미를 보이는 이 아침 미경도 생기 넘치는 아침을 맞이하겠지

엄마. 어떤 계절의 어떤 날씨일지 느껴져? 아마도 봄인 것 같아. '미경도 생기 넘치는 아침을 맞이하겠지'라는 말에서 나는 웃음이 나. 그러고보니 이 편지는 '나'로 시작하지 않네. 어느 하루의 햇볕과 생기, 그리고 어딘가에서 자신처럼 아침을 맞이하고 있을 미경을 먼저 말하지. 시는 이렇게 이어져.

대천에 있는지 서울에 있는지 종잡을 수가 없어서 편지도 못하고 연락이 오기만을 기다리고 있었단다 27일에 우리 집으로 오렴 정인이랑 정희는 일요일엔 항상

만나고 있어 그날 덕수궁 미전을 관람하기로 했단다
어떻게 될지 모르니 일찍 오도록 해 늦게 오면 내가 벌
써 나가고 없을지도 모르잖아

시 안에서 편지를 쓰는 '나'는 미경의 거처를 정확히
는 모르는 것 같아. 그치만 27일에 갈 덕수궁 미전 나들이
에 부디 미경도 오기를 바라고 있어. 손전화가 없으니 미
리 연락을 해두고 싶은 듯해. 혹여나 엇갈리지 않도록 일
찍 오라고 당부도 한 뒤에, '나'는 이렇게 써.

너는 그동안 아름다워졌겠지 혼자 자취를 하게 되면
쓸쓸할 텐데

이 문장에서 나는 왠지 다음 문장으로 빨리 넘어갈 수
가 없었어. 왜일까. 엄마도 이런 마음으로 떠올리는 친구
가 있었어? 못 본 사이 아름다워졌을, 혼자 지낸다면 분명
쓸쓸할 미경 같은 친구 말야. 질투 없이 그저 애틋한 염려
로 그 애의 예쁨과 외로움을 상상해본 적 있어? '나'는 그
런 뒤에 약간의 서운함을 드러내.

서울에 얼마동안이나 있었는지 모르지만 소식 하나 없

었다는 것은 너무 한 것 같다 여자들은 졸업을 하면 변한다고들 하지만 우리들만은 변하지 말아야지 너한테 궁금한 일들이 너무나 많아

'나'는 미경한테 궁금한 일들이 너무나 많대. 귀엽기도 한 서운함이야. 이 편지를 쓰는 '나'의 모습을 상상해. 졸업을 하고 아직 그리 긴 세월을 보내지는 않은, 우리들만은 변하지 말자는 말을 거리낌 없이 할 수 있는, 순하고 어린 어떤 여자를 말이야. 편지는 이렇게 계속돼.

정인이는 피어리스 미용사원이란다 정희는 소프라노 김정경 씨 비서로 있는데 좋은 곳에 되어서 정말 잘 되었어 나는 너무나 챙피한 곳이란다 편지에 쓰기에는 좀 그래 만나서 조용히 이야기해줄게 이번 기회에 너가 취직자리를 좀 알아봐 주면 좋겠어

여기까지 읽고나니 가슴이 왜 이렇게 아픈지 모르겠어. 엄마, '나'는 어디에 있는 걸까. 정인이와 정희의 근황처럼 간단히 말할 수는 없는 것 같아. '좋은 곳에 된' 정희와는 다른 거야. '너무나 챙피한 곳'은 어디일까. 편지에 쓰기에는 좀 그래서, 만나서 조용히 이야기해야 하는 그

곳에 '나'는 왜 있게 된 걸까. 이제는 '나'의 모습뿐 아니라 그가 속한 장소를 걱정스레 상상하게 돼. 어떤 곳에서 이 편지를 쓰고 있을지를. 과연 괜찮은 건지를.

나는 인생에 회의를 느끼고 있단다 언제나 삶에 보람을 갖고 살게 되려는지 모르겠어 죽지 못해 살고 있으니깐

이러다가 또 추접을 떨겠구나 여기서 그만 해야지 빨리 시간이 흘렀으면 좋겠다 일요일에 꼭 와야 한다

(1977년 3월 23일)

편지는 이렇게 끝나. 아니, 편지가 아니라 「미경에게」라는 시가 이렇게 끝난 거겠지. 미경은 이 편지를 받았을까. 그래서 일요일에 네 명의 친구들과 덕수궁 미전에 갔을까. 조용한 이야기도 나누고 취직자리도 알아봐주었을까.

잘 모르겠어. 미경도 '나'만큼 녹록치 않을 수 있잖아. 미경 역시 보람을 모르는 나날이라면. 얘기하기 시작하면 구구절절 주접떨 것 같아 말을 안 하는 거라면. 그저 시간

이 빨리 흐르기만을 기다리고 있다면. 서울에 있으면서도 친구들에게 연락 한 번 없을 만큼 쓸쓸한 이유가 있다면.

그런 여자를 엄마도 알고 있어? 혹은 엄마도 그런 여자였던 적이 있어?

이 시가 수록된 시집의 제목은 『연애의 책』이야. 우리는 연애란 걸 즐거워하지, 엄마. 연애하지 않을 때조차도 연애 얘기를 하며 깔깔댈 수 있잖아. 연애에서 내가 깊이 좋아하는 부분이 이 시집 곳곳에 있어. 그건 조용하고 강하고 매혹적이고 축축한 세계의 언어야.

하지만 그것뿐만이 아니지. 초라하고 서투르고 가난한 얼굴들과 크게 잘못된 일들 또한 『연애의 책』 여기저기에 있어. 연애라는 사건 전후로 감당해야 할 길고 무거운 그림자같은 게 있어. 그래서인지 이 시집을 나는 쉽사리 다시 읽지 못해. 마음이 아파올 걸 아니까. 그래도 「미경에게」만은 엄마에게 읽어주고 싶었어. 엄마라면 상상할 수 있을 것 같아서. 미경과 미경의 친구들을. 어리고 가난한 그들이 맞이하는 1970년대의 봄을.

초여름의 인터뷰에서 유진목 시인이 내게 들려준 이야기를 읽고 엄마가 울었던 걸 기억해. 그렇다면 엄마는 「미경에게」를 쓰는 시인의 마음도 헤아려볼 것만 같아. 1997년의 '나'가 되어 편지로 된 시를 완성하기까지, 그가 자세히 봤을 여자들을 나는 생각해. 그러고는 엄마를 떠올려. 내가 가장 자세히 보는 여자니까.

복희와 미경을 생각하다보니 어느새 해가 저물었네. '빨리 시간이 흘렀으면 좋겠다'고는 못 말하겠어. 언제까지나 엄마랑 이렇게 지내고 싶으니까. 아래에 시 전문을 덧붙일게. 내 목소리 없이, 엄마가 엄마의 속도로 읽을 수 있도록.

2019년 7월 5일
복희에게 슬아가

미경에게

햇빛이 거미줄처럼 하얗게 투시되고 마당에서는 새로운 생명의 전주곡이 울려 퍼지고 있어 또 다시 맞는 새로운 하루가 달아날 기미를 보이는 이 아침 미경도 생기 넘치는 아침을 맞이하겠지

대천에 있는지 서울에 있는지 종잡을 수가 없어서 편지도 못하고 연락이 오기만을 기다리고 있었단다 27일에 우리 집으로 오렴 정인이랑 정희는 일요일엔 항상

만나고 있어 그날 덕수궁 미전을 관람하기로 했단다 어떻게 될지 모르니 일찍 오도록 해 늦게 오면 내가 벌써 나가고 없을지도 모르잖아

너는 그동안 아름다워졌겠지 혼자 자취를 하게 되면 쓸쓸할 텐데

서울에 얼마동안이나 있었는지 모르지만 소식 하나 없었다는 것은 너무 한 것 같다 여자들은 졸업을 하면 변한다고들 하지만 우리들만은 변하지 말아야지 너한테 궁금한 일들이 너무나 많아

정인이는 피어리스 미용사원이란다 정희는 소프라노 김정경씨 비서로 있는데 좋은 곳에 되어서 정말 잘 되었어 나는 너무나 챙피한 곳이란다 편지에 쓰기에는 좀 그래 만나서 조용히 이야기 해줄게 이번 기회에 너가 취직 자리를 좀 알아봐 주면 좋겠어

나는 인생에 회의를 느끼고 있단다 언제나 삶에 보람을 갖고 살게 될려는지 모르겠어 죽지 못해 살고 있으니깐

이러다가 또 추접을 떨겠구나 여기서 그만 해야지 빨리 시간이 흘렀으면 좋겠다 일요일에 꼭 와야 한다

(1977년 3월 23일)

– 유진목, 「미경에게」, 『연애의 책』, 41쪽

삶을 존중하려면 선을 그어야 해

나의 친애하는 이웃 복희와 양에게.

안녕하세요 복희, 그리고 양. 우리 집으로부터 걸어서 5분 거리에 사는 당신들. 좋은 화요일 아침이신지요. 오늘은 송구스러운 마음에 공손한 말투로 편지를 써봅니다. 복희는 아침상을 다 차려놓은 뒤 집을 치우고 있겠군요. 양은 진작 회사에 도착했을 테고요. 간밤에 무슨 일이 있었던 거냐고 묻고 싶으시겠죠. 무슨 일이 있었기에 월요일 자정까지 보내야 할 글을 화요일 아침까지도 안 보낸 거냐고.

내 엄마이거나 친구인 당신들은 먼저 이 걱정을 할 것입니다.

'혹시 슬아가 아팠나?'

그 다음으로는 이 걱정을 하겠지요.

'혹시 슬아가 슬펐나?'

세 번째 걱정은 이것일 테죠.

'혹시 슬아가 그저 게을렀나?'

당신들도 아시다시피 월요일에는 몸과 마음을 추슬러야 합니다. 주말이 끝났기 때문이고 이제 겨우 한 주의 시작이기 때문이고 감당해야 할 요일이 한참 남아 있기 때문이지요. 하지만 준비되지 않은 채로 시작하는 월요일 역시도 당신들은 아실 겁니다. 월요일이 밝았는데도 추슬러지지 않는 몸과 마음을 말이에요.

어제는 조금 아프고 조금 슬프고 많이 게으른 월요일이었습니다. 일요일의 끝을 붙잡고 늘어지고 싶은 월요일이요. 그런 월요일이라 서재에서 『인생의 일요일들』이라는 책을 꺼내들었습니다. 나의 영롱한 친구 정혜윤 피디가 쓴 책인데요. 일요일들에 관한, 혹은 일요일 같은 날들에 관한 이야기가 모여 있습니다. '일요일 같은 날'이 당신들에게도 있겠지요? 진짜 일요일이 아니었어도 어쩐지 꼭 일요일 같은 느낌으로 기억되는 날들이요. 그는 일요일에 관해 이렇게 썼어요.

일요일 아침, 우리는 익숙한 이불, 냄새, 온기, 사랑하는 가족의 촉감, 창밖으로 들리는 희미한 거리 소음, 눈꺼풀 위로 일렁이는 햇빛, 읽다가 접어둔 책, 마시다 만 컵, 편안함을 주는 사물들에 둘러싸여 있다. 그때 발가락만 꼼지락거리면서, 반쯤은 꿈결 속에 있는 것처럼 이렇게 말할 것이다. "조금만 더 이렇게 있을래. 깨우지 마!" 혹은 정반대로 낯선 곳에서, 익숙한 것과 멀리 떨어져서 전보다 훨씬 고독해진 상태일 때 이와 똑같은 느낌을 받기도 한다. (…) 우리는 그 시간 속에서 새로운 힘을 얻는다. "아, 참 좋다. 이렇게 조금만 더 있으면 좋겠어."

일요일의 시간 속에서 우리는 지상에 있는 것이 아주 힘들지는 않다. 그 시간이 좀더 오래 지속되기를 바란다. 순간의 자족성이 있다. 충만함이 있다.

일요일 아침의 게으른 시간 속에서, '언제였더라! 그때 참 좋았었는데' 하고 저절로 떠오르는 기억들, 그 기억들 속에서 근심은 힘을 잃고 사라진다. 현실의 속박들도 잠시 사라진다. 졸음 속에서 여행을 한다. (…) 시들지 않는 즐거움이 함께한다. 마음은 다른 것이 아니라 다시 그런 기쁨을 누릴 수 있기를 갈망한다. 이렇게 기억 속에 떠오른 날들을 인생의 일요일이라고 이름 붙였다.

– 정혜윤, 『인생의 일요일들』, 7~8쪽

마치 일요일 아침의 저를 지켜보고 묘사한 것만 같군
요. 아마 당신들의 일요일 아침 모습도 비슷하겠지요. 주
말 아침마다 저와 비슷한 모양으로 이완될 사람들을 생각
하면 웃음이 납니다. 그 시간은 우리를 회복하게 하고 건
강하게 하고 마음에 충실하게 만들지요. 그는 누군가가 일
요일의 냄새를 알아채는 순간을 쓰기도 했어요. 달콤한 것
도 같고 잘 마른 빨래에서 나는 냄새와도 비슷하고 낯익은
침대에서 나는 냄새와도 같은. 밖에서 광풍이 불어도 편안
하고 안전한 기분을 느끼게 하는 그 냄새. 해야 할 일은 잘
쉬고 잘 먹어서 회복되는 것뿐인 일요일. 그런 날엔 우리
마음이 어디로 가는지 차분히 느껴볼 수 있어요. 저는 가
끔 정혜윤 피디의 책을 따라 마음의 장기 여행을 가고 싶
어지는데요. 이런 문장들 때문이에요.

하지만 무척 고요한 여행을 해요. 생각 여행이라고도
부를 수 있을 것 같아요. 그저 걷고 그저 보고 그저 내
맡기고 그저 먹고 특별한 목표도 없이 시간을 쓰고 그
러다가 뭔가 압도적인 풍경 앞에 넋을 잃고, 놀란 나머

지 그만 내 자신을 잊어버리고, 잃어버리게 되고, 마침 내 풍경 속에 저의 일부분을 두고 오면 가벼워지고 행복해져요. 괴테가 말한 '나를 잃고 세계를 얻었다!' 같은 순간이 있다는 것을 저도 알게 된 거지요. 내가 누구인지가 전혀 중요하지도 않을 뿐만 아니라 내가 아무것도 아니고 그저 풍경의 한 조각이라서 오히려 뛰는 가슴을 지그시 눌러야 할 정도로 행복한 순간 아시죠?

– 같은 책, 22쪽

그런 순간을 아느냐고 당신들에게 묻고 싶었어요. 분명 나보다 더 잘 알 것 같으니까요. 복희 당신은 이렇게 말한 적이 있지요.

"꼭 내가 없는 느낌이었어. 내가 없는데 아주 충만한 느낌이었어."

오래 전 당신이 자연 속에 혼자 누워 있을 때 느꼈던 '자아가 다 흩어지는 느낌'을 설명하며 그런 멋진 말을 해주었지요. 제 자아도 이따금씩 그렇게 흩어진다면 참 좋을 텐데요.

한편 양이 했던 말도 기억합니다. 양 당신은 외로움과 비건이 관련 있다고 말했지요.

"난 만날 외롭다고 자조하고 인생 혼자라고 말하는데, 막상 내가 먹는 건 누군가를 괴롭히고 죽이는 일이라는 게 말이 안 되는 것 같았어. 혼자라면서 누군가를 고통받게 한다는 게 이상하잖아. 내가 끼니를 조금 바꾸는 것만으로도 세상 어딘가에 있는 어떤 존재를 덜 죽이거나 살릴 수 있다고 생각하니까 갑자기 혼자가 아닌 것 같았어. 세상에는 사람 말고도 많은 존재가 있으니까. 그들과 이어지는 마음으로 무언가를 먹거나 안 먹는다는 게 나에게 위로가 되었어."

당신들의 말에는 닮은 구석이 있는 것 같습니다. 내가 얼마나 풍경의 한 조각인지 아는 사람들의 말로 들립니다. 괴테의 말처럼 나를 조금 잃고 세계를 조금 얻은 이야기로도 들리고요.

복희의 말을 들으면 외로움과 충만함이 깻잎 한 장 차이처럼 느껴져요. 양의 말을 들으면 외로움이 얼마나 불가능한지 알게 되고요. 우리는 아무리 애를 써도 진짜로는 외롭기가 어려울 것 같아요. 좋든 싫든 너무 많은 존재와 연결되어 있으니까요. 책임감과 용기가 자주 외로움을 앞서니까요. 나와 함께 비건이 된 당신들에게, 존 버거의 엄마가 했다는 말을 바치고 싶어요.

"존, 인생이라는 건 본질적으로 선을 긋는 문제이고, 선을 어디에 그을 것인지는 각자가 정해야 해. 다른 사람의 선을 대신 그어줄 수는 없어. 다른 사람이 정해놓은 규칙을 지키는 것과 삶을 존중하는 건 같지 않아. 그리고 삶을 존중하려면 선을 그어야 해."

– 같은 책, 209쪽

나는 당신들이 긋는 선을 구경하며, 또 나의 선을 그으며 하루하루를 살아가고 있는 느낌입니다. 당신들과 함께 쉬고 먹고 산책을 한 일요일이면 더욱 그런 생각이 듭니다. 그런 일요일들이 버거운 월요일들을 지탱하지 않나 싶어요.

어제의 월요일에는 제가 너무 못났던 것 같습니다. 온통 나를 알아달라는 마음으로 가득했던 하루 같아서요. 잘한 일이라고는 동물을 죽여서 얻은 것을 먹지 않은 것뿐인 그런 하루요. 어떤 하루는 그것만으로도 괜찮을 수 있을까요? 그럴 수도 있겠지요. 하지만 오늘은 더 잘해보고 싶습니다.

어느새 화요일입니다. 하늘이 날마다 높아지고 있네요. 아침저녁으로 선선한 바람이 불고요. 이번 주에는 이사가 예정되어 있으니 당신들과 이웃일 날도 얼마 남지 않았습니다. 다른 동네에 살아도 자주 연결되리란 걸 우리는 알지요. 외롭다는 말을 아끼고 싶어요. 외롭거나 아프거나 슬프거나 게으르지 않은 오늘을 보내고 싶고요. 나를 잃고 세계를 얻는 화요일을요.

    이제야 월요일을 떠나는 이슬아 올림.

2019.08.26.

최선은 그런 것이에요

시간을 따져보는 마음

사랑할수록 구체적으로 말하게 된다. 사랑은 인생의 세부사항이 몹시 소중해지는 경험이기 때문이다. 누군가의 몸과 마음과 시간을 아끼느라 시선이 촘촘해지고 질문이 많아진다. 사랑의 그런 속성을 전태일 기념관에서 다시 알아보았다. 전태일의 눈길과 손길과 발길이 닿은 자료가 보관된 곳이었다. 그가 쓴 글을 직접 볼 수 있는 장소이기도 했다. 사는 동안 전태일은 강렬하고 치열한 글을 여러 편 남겼다. 팔딱팔딱 움직이는 듯한 손글씨로 일기를 쓰고 편지를 쓰고 진정서를 쓰고 사업계획서를 쓰고 플래카드를 쓰고 유서를 썼다. 기념관 외벽은 온통 전태일의 글씨로 덮여 있었다. 50년 전에 쓰인 그 문장들이 건물 전면에 새겨진 채 청계천을 내려다보았다. 꼭 촛농 같고 눈물 같은 모양이었다.

안으로 들어가 사진들 앞에 섰다. 사진 속 전태일은 평화시장 계단이나 옥상 난간에 기대어 카메라를 응시하고 있다. 짙은 눈썹, 그윽한 눈동자, 도톰한 입술. 그 얼굴은 언뜻 우리 삼촌과 닮은 듯도 하고 내가 스무 살 때 좋아한 선배와도 닮은 듯하다. 사진 옆에 놓인 설문지 한 장을 오랫동안 읽었다. 1969년 전태일이 평화시장 노동자들에게 돌리려고 인쇄해둔 설문지인데 누런 종이에 옛날 서체로 적힌 질문들은 다음과 같았다.

1개월에 몇일을 쉽니까? 몇일을 쉬기를 희망합니까? 왜 주일마다 쉬지를 못하십니까? 1일에 몇 시간을 작업하십니까? 몇 시부터 몇 시까지 작업을 하시면 적당하시겠습니까? 왜 본의 아닌 시간을 작업하십니까? 그만한 시간이면 당신 건강에 어떠한 영향을 줄 것 같습니까?

그 다음으로는 건강상태에 대한 객관식 문항이 이어졌다. 당시의 공장 노동자가 허다하게 겪는 질환이 보기로 나열되었다.

A 신경통 B 식사를 못한다 C 신경성 위장병 D 폐결핵
E 눈에 이상이 있다 (날씨가 좋은 날은 눈을 똑바로 뜨
지 못하고 눈을 바로 뜨려면 얼굴 상이 정상적이 아니
다) F 심장병

건강 다음으로 전태일은 독서에 대해 물었다. '당신 교
양을 위한 서적은?'이라고 질문한 뒤, 책을 보는지 안 보
는지 혹은 보고 싶은데 볼 시간이 없는지 체크하게 했다.
월급 액수와 취미를 적는 란도 만들어두었다. 기업주의 감
시를 피해 겨우 배포하고 회수한 이 한 쪽짜리 설문지에서
물러설 수 없는 마음이 전해진다. 이것조차 지켜지지 않는
삶이어서는 안 된다는, 인간으로서 최소한의 요구라는 확
신 같은 것. 그는 구체적으로 묻는다. 동료 노동자들의 근
무 조건과 건강과 월급과 여가를. 그리고 무엇보다 시간
을 살핀다. 너무 오래 일하지 않는지, 너무 적게 자고 적
게 쉬지 않는지 정확히 조사한다. 주변 이들의 열악한 삶
과 노동을 증명하는 근거 자료로 만들기 위해서다. 그 시
기에 전태일은 장문의 편지를 여러 통 썼다. 근로감독관이
나 신문사나 친구들에게 뜨거운 마음으로 부치는 편지였

다. 1969년 그가 친구인 원섭에게 쓴 편지에는 이런 문장이 적혀 있다.

여기에 문제가 있네. 시간을 따져보세. 1일 14시간일세. 어떻게 어린 시다공들이 이런 장시간을 견뎌내겠는가? 연령이 많은 미싱공들도 마찬가지일세. (…) 그 많은 먼지 속에서 하루 14시간의 작업을 마치고 집으로 돌아가는 노동자들의 모습은 너무나 애처롭네.

시간을 따져보자고 전태일은 말했다. 주변 사람들의 하루 일과를 꼼꼼히 살피는 어느 도시빈민의 마음자리를 생각해본다. 하루 열네 시간짜리 고된 노동이 현재이자 미래라는 걸 두고 볼 수만은 없었을 것이다. 시간과 공간으로 이루어진 게 삶인데 그들에게 주어진 시간과 공간은 날마다 처참했기 때문이다. 동료들이 겪는 노동의 디테일을 그가 죄다 그러모은 건 그래서일 테다.

50년 후의 연재 노동

전태일이 '올해와 같은 내년을 남기지 않기 위하여' 싸우다 죽은 뒤로 오십 년이 흘렀다. 지금은 2019년이고 나는 스물여덟 살이고 전태일의 마지막 나이보다 5년쯤 더 살아가는 중이다. 3D 직종을 전전해온 부모 밑에서 태어나고 자랐다. 대학생 친구가 있으면 좋겠다고 말했던 전태일의 바람 속 그 대학생 신분으로 이십대 초반을 보냈다. 알바를 하고 월세를 내며 학교를 다닌 뒤 이십대 중반이 되자 학자금 대출 이천오백만 원이 쌓여 있었다. 대출금을 갚다가 이십대 후반이 되었다. 누드모델과 잡지사 기자와 글쓰기 교사를 거쳐 지금은 프리랜서 작가로 일한다. 전태일이 살았던 도시에서 돈을 벌며 살아간다. 만약 돈을 아주 많이 벌게 되면 시간을 선물하고 싶었다. 나에게 그리고 사랑하는 사람들에게, 아프거나 슬프면 일을 쉬어도 되는 시간을 말이다. 우리는 전태일과 동료들보다는 덜 처참한 노동 조건에서 일한다. 그들이 쓴 역사가 여기까지 힘차게 뻗쳐온 덕분이다. 그래도 누군가가 일을 하다 다치고 병들고 죽는 것은 여전하다. 수당을 제대로 받지 못하거나 모멸감을 느끼거나 소중한 것을 포기하는 경우도 허다하다.

프리랜서 작가 생활 5년차부터 나는 스스로를 연재 노동자라고 소개했다. 밥 먹고 잠자는 시간 빼고 가장 오래 하는 일이 연재 노동이었기 때문이다. 작가가 되고 싶은 마음보다 중요한 건 월세와 최소 생활비를 매달 꾸준히 버는 일이었다. 창작 아닌 노동도 하고 내키지 않는 종류의

창작 노동도 했다. 그리고 싶지 않은 만화를 그려서 번 돈과 시간으로 쓰고 싶은 글을 썼다. 창작 노동은 다른 일에 비해 돈 얘기를 애매하게 하는 경우가 많았다. 작가나 예술가로 불릴수록 더 그랬다. 지면을 주는 이들에게 내 일은 연재 노동이라고 강조하기 시작했다. 다른 일보다 더 고귀하지도 더 천하지도 않으며 여느 노동처럼 시간과 몸과 마음을 내어서 하는 일이라고. 그렇게 말해야 구체적인 돈 얘기가 오고갔다. 원고료 명시를 생략한 매체의 원고 청탁서에는 지치지 않고 매번 날 선 답장을 보냈다. 그래야 나와 동료들이 더 나아진 합의 위에서 계속 일할 테니 말이다. 이 용기는 내가 낸 것일 뿐 아니라 오십 년 전의 전태일과 친구들을 거쳐 온 것이기도 하다.

어떤 이들은 전태일 기념관에 와서 묻기도 한댔다. 기념관인데 왜 기념품이 별로 없냐고. 전태일을 알았던 누군가는 이렇게 대답했다고 한다. 기념품이 많기도 어렵지 않겠냐고. 전태일은 가진 게 없었으니까. 그늘에서 그늘로 옮겨 살았으니까. 고단하고 짧은 생이었으니까. 기념품 대신 기념관에는 다른 것들이 있었다. 이를테면 건물을 청소하는 사람의 인터뷰가 1층 로비에서 재생되는 중이었다. 전태일 기념관은 회의가 열릴 때마다 모든 노동자를 그 자리에 참석시키는 일터라고 했다. 회의의 내용과 직접적으

로는 관련이 없어 보이는 환경 미화원도 꼭 들어오게 한댔
다. 처음엔 이렇게까지 해야 하나 싶어서 어색해했던 환
경 미화원은 시간이 지나고 이렇게 말했다. "들어가지 않
으면 내용도 모르잖아요." 일터의 어느 임금 노동자도 정
보로부터 소외시키지 않으려는 노력이 전태일 기념관에는
있다. 합당한 임금만큼이나 중요한 가치들이 그곳에 남아
굴러간다.

태일과 한영과 나

기념관에서 나와 창신동으로 걸어갔다. 전태일과 나
사이에 있는 사람을 만나기 위해서였다. 창신동 골목에는
1959년생 한영 씨의 작은 미싱사가 있다. 열네 살부터 공
장에서 미싱을 처음 배운 한영 씨는 사십 년 넘게 흐른 지
금까지 쭉 미싱을 다뤄왔다. 미싱 해서 번 돈으로 먹고 입
고 자고 딸을 낳고 키워서 독립시켰다. 그 딸과 나는 각별
한 친구다. 친구의 엄마이자 미싱사의 주인이자 과거 청계
피복 노조의 주요 일원이었던 한영 씨에게 묻고 싶었다.
전태일이라는 사건 이후를. 전태일의 자장 안에 있던 한영
씨의 십대 시절을. 1970년대 중후반 어느 오후를 그는 이
렇게 회상했다.

"철야로 3일을 작업했어. 각성제 먹고 주사도 맞아가

며 잠도 거의 안 자고 공장에서 일만 한 거야. 4일째 되니까 낮에 퇴근을 시켜주더라. 일찍 퇴근했던 그 날엔 모처럼 영화를 보러 갔어. 같이 며칠을 새며 일한 친구들하고 계림극장에 갔던 것 같아."

"그날 무슨 영화를 봤어요?"

"아무것도 기억이 안나. 영화관에 앉자마자 바로 잠들었거든. 친구들도 마찬가지였어. 시작부터 끝까지 하나도 못 본 거 있지."

기계처럼, 아니 기계만큼도 관리를 받지 못하며 일하던 한영 씨는 어느 날 노동조합이라는 곳에 처음 찾아가게 되었다고 한다. 받아야 할 돈을 못 받았기 때문이다. 노조의 사람들은 그 돈을 받는 걸 도와주고 노동자 권리에 관해 말해주었다. 누군가는 노조를 위해 목숨을 바쳤다고도 알려주었다. 그곳에서 교육을 받고 책을 읽으며 한영 씨는 이 세상이 어떻게 돌아가는지를 조금 알게 되었다고 한다.

하루는 농성이 있다고 해서 현장에 찾아갔다. 멀찌감치 서서 구경만 하다 집에 가려던 차에 어느 조합원이 한영 씨에게 이렇게 말했다. "함께해요." 그러자 한영 씨는 돌아갈 수가 없었다. 저 사람들만의 싸움이 아니라는 걸, 내 싸움이기도 하다는 걸 느껴서다. 한영 씨의 공부와 싸움의 역사는 그렇게 쓰여진다. 출근과 돈벌이를 포기하면

서까지 노조의 일을 하게 된다. 훗날 어떻게 노조의 위원
장이 되었냐고 묻자 한영 씨는 덩치가 커서 그랬다고 웃으
며 대답했다. 그는 말했다.

"전태일은 어떻게 우리를 그렇게 사랑할 수 있었을
까?"

나는 뭐라고 대답해야 할지 몰랐다. 한영 씨가 망설임
없이 말한 '우리'가 어떤 이들일지 생각했다. 전태일이 죽
은 이후의 노동자들. 전태일과 실제로 만난 적 없는 사람
들. 만나본 적 없어도 그들은 전태일을 알았다. 전태일은
그들을 모르지만 그들의 존재를 누구보다 생생하게 그리
는 이였다. 그들의 미래가 다르기를 바라기 때문에 자신을
바친 사람이기도 했다. 그러므로 한영 씨는 확신할 수 있
었다. 나 같은 사람을 전태일이 사랑했음을. 나처럼 일하
는 수많은 이를 향한 전태일의 사랑을. 한참 생각하던 한
영 씨가 이렇게 말을 이었다.

"살면서 나는 알게 되었어. 그는 자신을 참 사랑하는
사람이었구나. 그 눈으로 남을 볼 줄도 아는 사람이었구
나. 마치 자기를 보듯이, 남을 나처럼 여기니까 고민에 빠
졌던 거야. 어떻게 해야 나 같은 남들이 그렇게 힘들게 살
지 않을까를 고민했던 거야. 그런 고민을 하는 사람은 정
말 드물잖아."

나는 언제부터인지 모르지만 감정에는 약한 편입니다. 조금만 불쌍한 사람을 보아도 마음이 언짢아 그날 기분은 우울한 편입니다. 내 자신이 너무 그러한 환경들을 속속들이 알고 있기 때문인 것 같습니다.

속속들이 알고 있기 때문에 약해진 감정에 대해 전태일은 말했다. 모르면 몰랐지 알고 나서는 절대로 전과 같을 수 없는 사정을 말이다. 그는 약하고 강한 마음으로 근로감독관에게 이런 진정서를 보낸다. 전태일 기념관의 외벽을 가득 채운 글이기도 하다.

여러분 오늘날 여러분께서 안정된 기반 위에서 경제 번영을 이룬 것은 과연 어떤 층의 공로가 가장 컸다고 생각하십니까? (…) 성장해가는 여러분의 어린 자녀들은 하루 15시간의 고된 작업으로 경제 발전을 위한 생산계통에서 밑거름이 되어왔습니다. 특히 의류계통에서 종사하는 어린 여공들은 평균연령이 18세입니다. 얼마나 사랑스러운 여러분들의 전체의 일부입니까? 가장 잘 가꾸어야 할 가장 잘 보살펴야 할 시기입니다.

전태일은 유서에서 남들을 이렇게 호명한다. '나를 모

르는 모든 나'라고. 또한 자신을 이렇게 호명한다. '그대들의 전체의 일부인 나'라고. 한영 씨는 내게 당부했다. "누구를 만날 때 적당히 하면 아무 일도 일어나지 않아. 또 하나의 나를 만드는 것처럼 남을 만나야 돼. 최선을 다해야 해." 최선을 다하라는 말을 듣자 어느 시 한 편이 떠올랐다. 이규리 시인의 시 「특별한 일」에서 읽은 몇 문장이었다.

도망가면서 도마뱀은 먼저 꼬리를 자르지요 / 아무렇지도 않게 / 몸이 몸을 버리지요 // 잘려나간 꼬리는 얼마간 움직이면서 / 몸통이 달아날 수 있도록 / 포식자의 시선을 유인한다 하네요 // 최선은 그런 것이에요 // 외롭다는 말도 아무 때나 쓰면 안 되겠어요 (…)

몸을 버리면서까지 다하는 최선을 나는 이해해보고 싶다. 전태일이 두고 간 꼬리가 지금까지도 펄떡이는 듯해서다. 많은 것이 변했지만 여전히 여러 현장에서 많은 노동자들이 죽는다. 그러므로 전태일의 고민은 아직까지도 현재진행형이다. 그는 이런 미래와도 연대하고 있다. 연대의 일 중 하나는 당신은 이렇게 힘들지 말라고 말하는 것이기 때문이다. 내가 겪은 고통을 너는 겪지 말았으면 하는 마음으로 알려주는 것 말이다. "너희들의 곁을 떠나지 않기 위하여 나약한 나를 다 바치"겠다고 전태일은 말했다. "이 순간 이후의 세계에서 또다시 추방당한다 하더라도" 그렇게 하겠다고 썼다. 최선이 그런 것이라면 나는 정말이지 외롭다는 말을 아끼고 싶다. 그가 미래에게 선물한 건 혼자가 아니라는 감각일지도 모른다.

전태일과 같은 우주에 있는 우리를 생각하며 집에 돌아왔다.

「문학동네」 가을호(2019년 9월)

작가의 테두리

어쩌면 책 읽기는 나의 테두리를 극복해보려는 노력 같다. 내 신체와 역사와 기억과 쩨쩨한 자아로 세워진 그 테두리는 부단히 애써야 겨우 조금 넓어진다. 내가 나라는 걸 까먹을 만큼 커다란 사건 앞에서는 허물어지거나 낮아지거나 순간적으로 사라지기도 한다. 압도적인 슬픔, 압도적인 아름다움, 압도적인 탁월함 등으로 나 같은 건 잠시 안중에 없어지는 것이다. 나를 채우는 독서 말고 나를 비우는 독서도 있다. 어떤 책들은 과거의 나를 점점 줄여나가도록 돕는다. 새로운 나 혹은 새로운 존재가 되자고 등을 쓸어준다. 그래봐야 나는 영영 나고 겨우 나다. 하지만 조금이라도 나 이상의 무언가가 되고 싶어서, 잠깐이라도 다른 존재의 눈을 빌려 세계를 보고 싶어서, 사랑하는 사람들의 말을 듣고 영화를 보고 책을 읽는 것일지도 모른다.

요즘엔 이른 아침마다 책을 읽는다. 최선을 다해 사수하는 매일의 피크닉이다. 본격 근무가 시작되기 전에 이 일과를 누려야 하루를 좋은 마음으로 보낼 수 있다. 좋은 마음이란 내게 부과된 업무량에 괜히 억울함을 품지 않는 상태다. 쉬지 않고 일을 하면 나는 고마움을 모르는 인간이 된다. 그때의 내 모습은 정말 최악이다. 그러므로 눈 뜨자마자 소풍 가는 기분으로 책이랑 노트를 챙겨서 집을 나선다. 머리는 안 감는다. 동행자는 없다. 걸어서 삼십분 내에 도달할 수 있는 곳으로 간다. 커다란 소나무와 감나무가 보이는 카페다. 아직 잠에서 덜 깬 직원이 커피를 내리고 있다. 손님들이 몰려오기까지는 아직 세 시간이나 남았다. 구경할 사람도 없고 엿들을 대화도 없는 아침에 감사한 마음을 품고 책을 읽는 것이다. 좋은 소설은 여러 번 다시 읽게 된다. 첫 번째 독서에서는 그저 놀라며 읽기만 해도 급급하다. 두 번째 독서부터는 '도대체 어떻게 이렇게까지 잘 썼냐?' 하고 골몰하며 읽는다. 무엇이 생략되었는지를 추측하고 이걸 써나갔을 작가의 인생을 상상한다.

어제의 나와 함께했던 윌리엄 맥스웰의 소설 『안녕, 내일 또 만나』를 앞에 두고도 그런 생각을 했다. 어떻게 살아야 이렇게 쓸 수 있을까? 이렇게까지 좋은 한 권을 어떻게 완성할 수 있을까? 한 사람이 이만큼 많은 시선을 가진다는 게 가능하기나 할까? 어떤 마을의 오십 년을, 인물만 바꿔가며 몇 번이나 다시 살아본 것처럼 말이다.

나는 제멋대로 한 사람을 상상한다. 아직 이 소설을 쓰기 전의 윌리엄 맥스웰이다. 그는 『뉴요커』의 소설 편집자로 오랫동안 일해왔다. 동시에 과거의 어떤 부분을 두고두고 곱씹으며 살아왔다. 한 번도 만나본 적 없는 그의 마음에서 내가 짐작할 수 있는 것은 커다란 안타까움이다. 오래 전의 일이지만 선명하게 기억하고 있다. "자기가 하지 않은 일로 파괴된" 수많은 이들이 안타까워서, 미안해서, 이해하고 싶어서, 과거를 몇 번이고 되돌려본다. 다른 사람이 되어보려는 노력, 다른 사람이 되어서 그의 시선으로 이 일을 보려는 노력은 그런 마음에서 비롯된 것만 같다.

그렇게 시작된 시선의 이동은 크고 작게 연결돼 있는 모든 사람들에게 닿는다. 사람뿐 아니라 개와 말과 양에게까지도 닿는다. 이 독서에서 몹시 놀랐던 점 중 하나다. 시선이 닿는 정도가 아니라 개가 되어서 쓰고 양이 되어서 쓴다. 어설픈 의인화 없이, 최대한 그 존재가 되어서 쓴다. 그게 불가능하단 걸 우리도 알고 그도 안다. 맥스웰도 영영 맥스웰일 것이다. 하지만 소설가로서 그는 맥스웰 이상이다. 온 사방으로 확장된 존재다. 이 책의 서문을 쓴 앤 패칫은 이렇게 말했다. "예술의 핵심은 하나뿐인 이야기를 내어놓는 데 있는 게 아니라 그러지 않으려 싸우겠다는 의지를 내보이는 데 있다"고. 맥스웰은 만나보지 못한 등장인물이 되어서 그의 시선으로 본 세계를 상상한다. 아무런 설명도 없이 이 인물에서 저 인물로, 저 인물에서 이 개로, 이 개에서 저 양으로, 저 양에서 이 밭으로 시선을 옮겨간다.

그러는 이유는 어떤 사건을 총체적으로 다시 보고 싶기 때문이다. 그럼으로써 낱낱이 이해하고 싶기 때문이다. 이 소설은 하나의 사건이 얼마나 많은 사람에게 영향을 미쳤는지를, 어떤 모습으로 파괴되었는지를, 회복 가능한 부분은 어디이고 도저히 불가능한 부분은 어디인지를 드러낸다. 그러려면 이 사건을 다각도에서 봐야만 한다. 그러기 위해 맥스웰은 여러 인물의 자리에서 서야만 했던 것 같다.

이 소설로써 오래 전의 잘못을 사과하고 싶었다고 그는 적었다. 그 언급은 짧지만 책의 모든 페이지에서 미안함이 전해진다. 과거의 사건이 작가의 마음속에서 얼마나 닳고 닳도록 굴려졌을지 느껴진다. 어느 순간엔 자기 안의 "이야기꾼이 나서서 상황을 재배치"했을 것이다. 왜냐

하면 "과거에 관한 한 우리는 입만 열면 거짓말을"하기 때문이다. 『소설을 쓰고 싶다면』에 적혀 있던 제임스 설터의 말을 생각한다. 그는 소설가 셀린의 이야기를 이렇게 인용한다. 공짜로는 얻을 수 없다고. 대가를 지불해야 한다고. 그래야만 그 이야기를 변형할 권리가 생긴다고. 맥스웰이 자신의 경험을 변형하여 소설로 완성하기까지 어떤 대가를 지불했는지 나는 알 수 없다. 무척 괴로웠을 거라는 것만 분명하다.

하지만 그것들은 모두 두 번째 독서에서 보이는 것들이었다. 첫 번째 독서에서는 이 소설의 아름다움에 놀라느라 바빴다. 또한 어떤 한 사람이 다른 사람들의 눈으로 세계를 보기 위해 부단히 애쓰고 성공한 결과를 따라가느라 바빴다. 그러느라 나는 나를 까먹으며 읽었다. 작가의 테두리가 저 들판 너머까지 멀리멀리 확장되고 있었다. 마지막 페이지를 덮고도 내가 도달하지 못한 테두리였다.

「악스트」 24호(2019년 5월)

나카노 노부코의 『바람난 유전자』를 읽고

운동과 바람

서른 살의 두 여자가 헬스장에 있다. 운동을 가르치는 트레이너의 성은 구 씨고 그에게서 운동을 배우는 회원의 성은 신 씨다. 구는 어깨를 활짝 펴고 뒷짐을 진 채 신 옆에 선다. 구보다 키가 작고 어깨도 좁은 신은 수업에 앞서 준비 운동을 한다. 앞으로 50분 동안 구가 시킬 운동을 다치지 않고 완수하려면 몸을 잘 풀어놔야 한다. 몸 이곳저곳을 늘리는 신에게 구 선생이 묻는다.

구 : 회원님. 송송 커플 기사 봤죠?
신 : 아뇨.
구 : 진짜? 아직도 그걸 안 봤어요?

신 : 클릭해서 읽어보지는 않았어요. 실시간 검색 순위에
며칠째 오른 건 봤고요.

구 : 입장이 어떻게 돼요?

신 : 입장이라뇨?

구 : 그 세 사람에 대해서요.

신은 어깨를 크게 돌리며 웃는다.

구 : 왜 웃어요?

신 : 입장이라는 말이 웃기잖아요.

구 : 왜 웃기지?

신 : 제가 뭐라고 입장이랄 게 있겠어요. 자격도 없고 관
심도 없고 할 말도 없죠.

구는 이제 뒷짐을 풀고 팔짱을 낀다. 그리고 묻는다.

구 : 관심이 없어요?

신 : 네.

구 : 어떻게 관심이 없지?

신 : 선생님은 왜 관심이 있어요?

신은 계속 몸을 풀고 있다. 햄 스트링도 늘리고 손목 발목도 충분히 돌린다. 슬슬 본격 운동을 시작할 때가 되었지만 구 선생은 아직 기구를 챙기러 가지 않는다.

구 : 그럼 본인은 상대가 바람을 피우면 어떨 것 같아요?

신 : 많이 슬프겠죠.

구 : 그쵸?

신 : 하지만 그것과 관련된 일이 연예인들처럼 죄다 기사화되지는 않겠죠.

구 : 공인이면 기사가 날만도 하죠.

신 : 연예인이 무슨 공인이에요.

구 : 사람들에게 크게 영향을 주는 사람이니까 책임감을 가져야죠.

신은 기지개를 편다.

구 : 아무튼 배우자나 연인이 바람피우면 슬플 거라는 건 공감하는 거죠?

신 : 그럼요. 실제로도 많이 슬펐고요.

구 : 아, 그런 적 있어요?

신 : 네. 몇 번.

구 : 회원님을 두고 몇 번이나 피웠다고요?

신 : 아니 바람피운 애인이 여러 명이었다고요.

구 : 와 씨, 나쁜 새끼들이네.

구가 분노하자 신이 웃는다.

신 : 좋은 애들이기도 했어요.

구 : 그래도 바람피운 건 빼박 개새끼야.

신 : 근데 저도 바람피운 적 있는데.

구 : 아 진짜?

신 : 네.

구 : 진짜로 바람피웠어?

구는 자기도 모르게 반말을 한다. 동갑이니까 둘 중 누가
반말을 시작해도 이상할 게 없다. 신은 반가워서 반말로
받아친다.

신 : 피워봤지~

구는 신을 위아래로 쳐다보며 탄식한다.

구 : 의외네, 이 사람!

신 : 의외에요?

구 : 의외야!

신 : 선생님은 안 피워봤나 봐?

구 : 당연히 안 피웠지!

신은 너스레를 떤다.

신 : 아니 지금까지 바람도 안 피우고 뭐했어?

구 : 바람을 왜 피워? 이 사람 진짜.

신 : 농담이야.

구 : 큰일 날 사람이네. 안 되겠구만. 오늘은 데드 무게 좀 쳐야겠네. 정신 차리게.

신은 다시 존댓말을 한다.

신 : 살살 시켜줘요.

구 선생은 20kg 바를 가져와서 양 옆에 쇠로 된 도넛을 단다. 신은 끙끙대며 데드 리프트 첫 세트를 한다. 1분 만에 땀이 뻘뻘 난다. 쉬는 동안 수건으로 얼굴의 땀을 닦는다.

신 : 겨우 월요일 아침인데 빡세게 시키시네요.

구 : 바람 왜 피웠어요?

신 : 이 사람도 좋고 저 사람도 좋아서요. 왜 이렇게 엄하게 물어봐요?

구 : 내가 언제 엄했어?

신 : 지금도 엄하잖아.

구 : 아무튼 그래서?

신 : 둘 다 동시에 만났죠.

구 : 완전 양다리 걸쳤네, 이 사람.

신 : 엄청 바빴죠.

구 : 양다리라는 거 양쪽 다 알았어?

신 : 한 쪽은 알고 한 쪽은 몰랐어요.

구 : 나쁜 사람이네!

신 : 그러니까! 완전 나빴지.

구 선생은 쇠 도넛을 양쪽에 하나씩 더 추가한다. 바가 한 층 더 무거워진다.

구 : 빨리 한 세트 더 해요. 바 들어.

신은 바를 들고 데드 리프트 동작을 다시 반복한다. 아까

보다 좀 더 힘겨운 한 세트다. 마지막 다섯 개를 할 때는 신의 이마가 잔뜩 구겨진다.

신 : 너무 힘드네. 이렇게 힘든 걸 시키다니 나쁜 사람 이네.

구 : 제가 나빠요? 회원님이 나빴죠.

신 : 선생님이 더 나빠요. 옛날에 바람피웠다고 운동으로 혼내잖아.

구 : 제 할 일을 하는 것뿐이에요.

구는 은근히 빙글대며 웃는다. 신은 물을 꿀꺽꿀꺽 마 신다.

신 : 그거 알아요?

구 : 뭐요?

신 : 불륜을 도덕적으로 심하게 단죄하는 사회일수록 실 제 불륜율이 높대요.

구 : 누가 그래요?

신 : 『바람난 유전자』라는 책에 통계랑 같이 나와 있어요.

구 : 책 이름이 『바람난 유전자』에요? 웃기네 정말.

신 : 뇌 과학책인데요, 띠지에 적힌 문장은 더 웃겨요.

구 : 뭔데?

신 : '불륜은 내 문제가 아니라 뇌 문제입니다!'

둘은 동시에 빵 터진다.

구 : 참나, 핑계도 가지가지네. 하다하다 뇌 핑계를 대고.

신 : 뇌 핑계뿐 아니라 역사 핑계도 대요. 일부일처제 말고도 다양한 형태의 혼인을 소개하고요. 일부일처제 역사가 별로 오래 안 됐거든요.

구 : 그래요?

신 : 네. 우연히 효율적이어서 정착했을 뿐이에요. 앞으로는 다른 혼인 형태도 나타날 거예요. 불륜을 열심히 욕하는 사람들일수록 현재의 공동체사회에 성실하게 복무하고 있는 경우가 많대요. 그래서 불륜 커플을 마치 무임승차처럼 느끼는 거죠. 규칙을 안 지키고 혜택을 얻으려는 사람들이라고요.

구 : 내 말이 바로 그 말이에요.

신 : 억울하고 아니꼬우니까 남 일인데도 화를 내는 거죠. 단죄할 자격이 마치 자기한테 있는 것 마냥 느끼고요.

구 : 맞아. 남 일인데도 화가 나. 그래서 아까 회원님이 불륜했다고 했을 때 식겁했어요.

신 : 저 아직 불륜해본 적 없는데요?

구 : 맞다. 불륜은 아니지.

신 : 결혼도 안 해봤어요.

구 : 하고 싶어요?

신 : 불륜이요?

구 : 아니, 결혼. 이 사람아.

신 : 몰라요.

구 : 바 들어요. 한 세트 더 하게.

신은 자세를 잡는다. 아까와 같은 무게로 한 세트를 더 한
다. 아까만큼 무겁지만 그새 무게에 익숙해졌는지 비교적
가뿐하게 세트를 마친다. 수건으로 이마 땀을 닦는 신에게
구가 묻는다.

구 : 바람피웠을 때 어땠어요?

신 : 이상했어요.

구 : 뭐가요?

신 : 너무 좋아하는 둘을 동시에 만나니까 두 배로 좋을
줄 알았거든요.

구 : 근데?

신 : 그렇지가 않더라고요.

구 : 그럼?

신 : 둘 중 어느 쪽도 제대로 못 누리는 것 같았달까.

구 : 그래서?

신 : 나중엔 한 사람 하고만 만났죠.

구 : 그랬더니?

신 : 엄청 좋더라고요.

구 : 속이는 사람이 없으니까 아무래도 마음이 편했겠죠.

신 : 그럴지도 모르겠네요. 한 사람만 좋아할 때가 더 충만했어요.

구 : 앞으로는 바람피우고 그러지 마요.

신 : 요즘엔 안 피워요.

구 : 그래요.

신 : 하지만 이런 마음도 영원한 건 아니잖아요.

구 : 지금 애인 별로 안 좋아해요?

신 : 좋아해요. 그래도 언제든 헤어질 수 있는 거니까요.

구 : 냉정하네.

신 : 냉정한 말 아니야.

구 : 그럼 뭐야?

신 : 오히려 열심히 하겠단 뜻이야.

구 : 뭔 말이야?

신 : 더 노력하게 되잖아. 누가 내 옆에 있어주는 게 당연

하지 않으니까. 자꾸 더 좋은 사람 되고 싶고. 얘가 계속 내 옆에 남고 싶도록 하고 싶고. 그래서 이렇게 운동도 꾸준히 하고 그러잖아.

구 : 그래서 운동하러 오는 거였어?

신 : 당연하지.

구 : 언제는 건강 때문에 하는 거라며.

신 : 건강해야 좋은 사람 되기도 쉽잖아.

구 : 그렇네.

신 : 그렇지.

구 : 그럼 무게 좀 올리자.

신 : 아, 싫어요.

구 : 왜 싫어?

신 : 힘드니까.

구 : 건강한 사람 만들어준다니까.

구 선생은 바 양쪽에 쇠 도넛을 더 끼운다. 그들은 다시 존댓말을 쓰며 운동을 가르치고 배운다.

「악스트」 26호(2019년 9월)

어느 코미디언의 글쓰기

양다솔을 만나고 온 밤이면 나는 꼭 글을 쓰게 되었다. 마감이 없는 날에도 그랬다. 잘 가라고 인사하고 돌아서자마자 불현듯 써야겠다는 느낌이 들었다. 좀 전까지의 배꼽 빠지게 웃긴 순간들을 까먹을까 봐, 걸으면서도 메모장에 뭔가를 부랴부랴 적으며 집에 갔다. 길고 장황한데 어느 것 하나 뺄 부분이 없는 양다솔의 수다를 죄다 기억하고 옮겨 적기가 가끔은 벅차서 세상에 묻고 싶었다. 이렇게 기막히게 떠드는 사람에 관해 왜 아무도 안 쓴단 말인가.

아무도 쓰지 않아서 내가 쓸 수밖에 없었다. 시인 심보선은 '두 번째로 슬픈 사람이 첫 번째로 슬픈 사람을 생각하며 쓰는 게 시'라고 썼다. 나한테 간혹 글이란, 열 번째로 웃긴 내가 첫 번째로 웃긴 양다솔을 생각하며 쓰는 것이기도 했다.

하지만 내 글 속 양다솔은 매번 납작한 인물이 되고 말았다. 무지 웃기긴 했으나 어쩐지 연극배우의 과장된 대사처럼 읽혔다. 글 바깥 양다솔로부터 쌓은 정보량을 반의반도 못 담은 캐릭터였다. 더 잘 쓰기까지는 오랜 시간이 걸릴 듯해서 나는 그녀에게 종용하기 시작했다. 글을 쓰라고. 자주 쓰라고.

"너는 이렇게나 웃기고 이상하고 경솔하고 외롭고 훌륭하고 씩씩한 사람이잖아. 안 쓰기엔 너무 아깝잖아."

그럼 양다솔은 꼭 심드렁하게 나를 봤다. 그녀의 얼굴 근육은 탐탁지 않음을 표현하는 일에 익숙해 보였다. 언제든 금세 그런 표정을 지었다. 그게 진심이 아니라 습관임을 나는 이제 안다.

"문장을 생각하는 게 귀찮으면 그냥 네가 한 말을 녹음해서 그대로 타이핑 쳐. 그렇게만 써도 웃긴 글이 될 거야."

내가 말하자 양다솔이 반박했다.

"너는 모든 사람한테 글 쓰라고 말하고 다니잖아."

"내가 언제?"

"애한테도 하고 걔한테도 하고 쟤한테도 했잖아. 아무

한테나 하는 소리잖아."

억울했지만 할 말이 없었다. 애랑 개랑 재한테 글 쓰라고 권유한 게 사실이기 때문이다. 그러나 아무한테나 글 쓰라고 말한다는 건 사실이 아니었다. 뭘 쓸지 궁금한 사람한테만 건넨 권유와 격려였는데 양다솔은 나를 빈말 남발자로 취급하였다. 마치 카메라 보정 어플을 끼고 세상을 보는 것 같다며 조롱도 하였다. 나는 화가 나서 글 쓰라고 설득하기를 관뒀다.

그런데 양다솔이 언제부턴가 글을 썼다. 꽤 열심히 썼다. 나를 포함한 모두가 그녀를 까먹고 있는 날에도 썼다. 연락할 사람이 아무도 생각나지 않는 밤에도 썼다. 그녀는 기대에 부푼 채 설레는 마음으로 일을 시작하는 사람이 아니었다. 오히려 최악의 시나리오를 처음부터 끝까지 다 써본 후 기분을 가라앉히고 담담하게 시작하는 편이었다. 중간에 실패해도 크게 놀라지는 않도록. 아무도 좋아해주지 않아도 많이 서운하지는 않도록.

이 책은 그렇게 만들어졌다.

늘 양다솔의 이야기를 시트콤 장르로 만드는 데 관심 있는 나와는 달리 양다솔 본인은 스스로를 시트콤화할 생각이 없어 보였다. 말은 온 힘을 다해 웃게 하지만, 글은 웃음기를 거두고 쓰는 문장들로 가득했다. 사는 양다솔 말고 쓰는 양다솔은 자신이 얼마나 웃긴 사람인지 딱히 관심이 없는 듯했다. 나중에 알게 된 그녀의 지론에 따르면 말은 기뻐야 힘이 나고 글은 슬퍼야 깊이가 있으므로, 기쁨은 말로 하고 슬픔은 글로 쓰는 것이 최고의 전략이랬다. 그러므로『간지럼 태우기』는 말로는 다 할 수 없었던 슬프고 아프고 깊고 긴 이야기의 모음집이겠다.

양다솔은 간지럼을 태우는 데에 아주 능숙한 사람이다. 온갖 말과 행동으로 사람들을 어쩔 줄 모르게 만들거나 낄낄대게 만들거나 부인하게 만들거나 항복하게 만든다.

그러나 정작 간지럼에 유독 취약한 사람은 본인이다. 칭찬 앞에서 그녀는 매우 낯간지러워하며 서둘러 딴 얘기를 꺼낸다. 자신이 그렇게 대단하거나 아름다운 사람일 리가 없다는 얼굴로 무안해하고는 재빨리 자조하기 시작한다. 칭찬받는 순간은 그녀의 유머 감각이 잠시 고갈되는 때이기도 하다. 그녀에게 익숙한 건 한탄을 기반으로 한 유머이기 때문이다. 누군가 자신에게 감탄하는 순간 역시 못 견딘다. 그럴 때면 그녀의 옆구리를 살짝만 쿡 찔러도 까르르 비명을 지르고 도망갈 것 같다. 취약한 자신을 들키지 않기 위해 어쩌면 그녀는 선수를 치는 게 아닐까. 간지럼당하는 걸 방지하려고 간지럼 태우기의 고수가 되어버린 것일지도 모른다.

2018년 가을 현재 양다솔은 언제 잘릴지 모르는 직장인이다. 유명하지 않은 대학을 졸업한 뒤 여러 번 면접에서 떨어지다가 어렵게 취업한 게 올해 봄의 일인데 초여름까지 그 소식을 주변에 알리지 않았다. 취업 사실을 뒤늦게 알게 된 지인들은 모두 잘 됐다며 축하를 건넸으나 양다솔은 고개를 절레절레 저었다. 언제 사라질지 모르는 회사이며 언제 잘릴지 모르며 봉급이 적으며 노동 조건이 말도 안 되며 자신의 진로와는 전혀 관련 없는 일임을 열심히 피력했다. 취업이라는 경사가 언제든 자신을 떠나도 상처받지 않게끔 축하받는 일을 마다하는 듯했다. 기대했다가 나자빠지지 않으려는 태도로 일관하며 "아직 잘리지 않았다"라는 제목의 글을 쓴 것도 같다.

양다솔은 종종 그런 말을 했다. 자기가 가만히 있으면 얼마나 아무 일도 일어나지 않는지 놀라울 따름이라고. 자기에게 말을 걸거나 다가오거나 사랑을 고백하는 사람이 자동으로 등장하는 일은 세상에 없다고. 그러다 어떤 잘나가는 애의 블로그를 보면 또 놀란댔다. 미녀나 미남에게 세상은 가만히 있어도 아주 많은 일이 일어나는 곳임을 알게 되기 때문이랬다. 그녀가 늘어놓는 말들을 요약하자면 이랬다. 남들에겐 무엇이 있고 자신에겐 무엇이 없는가.

본인의 재능 없음, 돈 없음, 아빠 없음, 매력 없음, 색기 없음, 애인 없음, 이빨 없음, 생각 없음, 미래 없음 등에 관한 희화화. 양다솔이 내게 늘어놓은 자조만으로도 책 한 권을 쓸 수 있겠다고 생각해왔는데 내가 쓰기 전에 본인이 써서 다행이다.

이 첫 책을 시작으로 몇 권의 책을 더 만들어주기를 나는 바라고 있다. 양다솔의 자조를 좋아하기 때문이다. 자조가 좋기란 무척 어려운데, 그녀의 자조는 경쾌하게 변주되기 때문에 즐겁다. 화려한 옷 입기를 좋아하는 그녀는 취직을 기점으로 머리카락과 복장의 제한을 받았는데, 그때 느낀 약간의 좌절 뒤에 이런 문장을 썼다.

옛적에 제가 절에 살았을 때 행자는 노출해서는 안 되고 회색을 입어야 한다는 말을 듣고 결심했습니다. 그길로 유니클로에 가서 회색이란 것은 다 집어왔고 계산대 직원은 저를 색맹이라도 되는 양 쳐다보았습니다. 장례식장은 통상 검은 옷을 입어야 하지만 사람들은 대략 어둡고 점잖은 옷을 입고 오지요. 저는 속옷부터 검은색으로 입습니다. 이 이야기가 어디로 가시는지 아시겠습니까? 그렇습니다. 저는 수수의 끝을 보려 합니다. 낯선 이가 저를 보더라도 "저기요, 지나치

게 수수하시군요"라고 말할 겁니다. "다솔 씨. 저기서
부터 걸어오는데 수수가 우수수 떨어지는군요"라고 말
할 테지요. "다솔 씨는 수수의 결정체지요"라고 입버
릇처럼 말할 겁니다. 바로 그렇습니다. 이제부터 저의
수수의 시대는 시작된 것입니다. 수수와 제가 하나가
되는 것입니다. 누군가 제가 그날 입은 옷을 기억하지
못하면 그것이 성공이겠지요. 저의 수수를 기대해주십
시오.
라고 말을 끝마치고 돌아서는데 수수와 기대라는 두
단어가 정말이지 어울리지 않는다는 생각이 들었다.
– 양다솔, 『간지럼 태우기』, 21쪽

글에서 양다솔의 유머는 이런 식으로 삐져나온다. 그
녀는 맘에 들지 않는 시간을 통과하면서도 그 시간을 이야
기로 전할 때 타인을 웃기기 위해 최선을 다한다. 절망과
실망을 씩씩하게 다룬다.

사실 그녀의 20대는 녹록치 않은 풍경들로 가득하다.
그녀의 주변은 젊음의 열기로 가득하지 않고 대체로 가난
하거나 아프거나 쓸쓸하다. 누군가는 죽고 누군가는 병원
에 가고 누군가는 버림받고 누군가는 계속 혼자다. 그러다
간혹, 아주 간혹 예상치 못하게 아름다운 순간이 왔다가

지나간다.

이 책에 수록된 글들 덕분에 나는 글쓰기라는 걸 계속 새롭게 배운다. 한 사람이 지닌 빛과 그림자를, 말과 글 사이, 글과 삶 사이의 간극을. 양다솔 본인 다음으로 그녀에 관해 가장 많은 문장을 쓴 사람으로서 나는 자주 반성하며 이 책을 읽는다. 타인을 쓰는 일의 불가능과 양다솔을 향한 내 마음의 모자람을 실감하며 읽는다.

양다솔을 이루는 수많은 정체성 중 내가 모르는 것들도 많을 테다. 다만 내가 아는 것 중 하나는 그녀가 코미디언이라는 점이다. 본인은 부정하겠으나 나는 타고난 코미디언 한 명을 친구로 두었고, 그녀 글의 첫 독자가 되는 영광도 누린다. 양다솔이라는 코미디언에게서 나는 이야기의 장르 구분을 거칠게 배운다. 어떤 날에는 그녀 특유의 코미디에 배꼽 빠지게 웃다가, 어떤 날에는 그녀가 어떤 이야기를 코미디로 쓰지 않는지를 본다. 코미디가 될 수 없는 이야기, 코미디가 보호해주지 못하는 이야기, 어떻게 해도 도저히 코미디에는 속하지 못하는 이야기. 그런 이야기들이 세상에는 있다. 웬만한 걸 다 웃기게 전할 수 있는 재담꾼 양다솔이라 할지라도 말로는 못 하는 이야기들이, 어떻게 글로 쓰이는지를 목격한다.

누구나 그렇듯 쓰는 동안에는 양다솔도 혼자일 것이

다. 시간과 몸과 마음과 외로움을 바쳐서 이 글들을 썼을 테다. 그러다 어느 날엔 이런 마음이었을 것이다.

그런데 지금 내 앞에 누군가가 한 명 더 있었다면 오늘을 더 잘 기억할 수 있을 것만 같았다. 내가 첫 출근했던 날, 너랑 나랑 좋은 동네에 가서 삼계탕을 먹었었잖아, 하면서. 그렇지만 어쨌든, 인생은 어떻게 될지 모르는 것이라서, 스스로를 챙길 줄 아는 것은 언제나 필요한 덕목이다. 적어도 나는 나의 고생을 알아주는 내가 있는 것이다.

– 같은 책, 15쪽

그녀는 외로웠고 외로우며 외로울 것이라는 것을 안다. 그리고 가장 중요하게도, 자기의 고생을 안다. 양다솔은 직장에 다니고 살림을 하고 고양이와 화초를 키운다. 친구가 아프면 바로 그의 집에 찾아가고 퇴원한 친구를 위해 새벽같이 고속버스터미널 꽃시장에 가서 저렴하고도 풍성한 꽃다발을 만들어온다. 엄마와 이모의 생일에는 팔을 걷어붙이고 12첩 반상을 차린다. 의리와 도리를 다하느라 빽빽하게 채워지는 일상 사이에 짬을 내어 글을 쓴다. 그녀가 짬짬이 쓴 글을 내가 읽는다. 그녀가 사는 삶과 그녀가 쓰는 글이 서로를 돕는 과정을 본다.

2018.10.15.

오스카는 사랑을 복원하며 열심히 지친다

어느 할머니가 말했다.

"조심조심 살아야 해. 삶은 유리처럼 깨지기 쉬운 거란다."

그때 할머니의 표정이 어떠했던가. 기억이 흐릿하다. 어쩐지 나는 점점 불안이 많은 사람이 되었다. 조심히 살아도 피할 수 없는 무수한 우연 중 무엇인가가, 내 삶의 아주 중요한 걸 아무렇지도 않게 부수고 가버릴까 봐 두렵다. 내가 엉망이 된다고 하더라도 시간은 계속 흐를 것이다. 상실을 조금만 아는 채로 노인이 될 수는 없을까.

상실을 너무 잘 아는 사람들이 이 소설에 있다. 그들은 사랑한다고 말할 겨를도 없이 소중한 이를 갑자기 잃었다.

이어지는 생을 무너지는 마음으로 산다. 힘이 남아 있으면 더 괴로워서 각자의 방식대로 최선을 다해 지친다.

주인공인 아홉 살 오스카가 지치는 방식은 탐험과 재구성이다. 집을 나서서 자료를 수집하고 사람들을 조사하며 아빠가 속했던 우주의 일부를 필사적으로 복원한다. 발명과도 같은 복원이다. 1945년의 드레스덴과 2001년의 뉴욕을 통과하며 크게 다친 삶들. 오스카와 사람들은 서로의 마음에 얼마나 크고 깊고 어두운 구멍이 생겼는지 본다. 그들은 이제 사랑에 대해 너무 잘 말하거나 아무 말도 못한다.

이렇게 마음 아픈 이야기를 왜 여러 번 다시 읽나. 자꾸 들여다보고 싶은 슬픔이 거기에 있기 때문이다. 심지어는 아름답기도 하기 때문이다. 오스카의 할머니는 손자에게 아주 많은 편지를 쓴다. 그 편지들을 읽을 때면 나는 언제나 울게 된다. 언젠가 내가 그처럼 아름다운 문장을 쓰게 된다면 분명 몹시 오래 슬프고 난 뒤일 것이다. 슬퍼도 관둬지지 않는 사랑을 품은 채 노인이 된 다음일 것이다. "옛날 옛적에…"로 시작해서 "사랑해"로 끝나는 긴 이야기를 거꾸로 다시 들려줄 수도 있을 것이다.

〈경향신문〉 2018.12.23.

다시의 천재

천재가 되어야 한다면 나는 '다시'의 천재가 되고 싶다. 정
혜윤 작가가 쓴 문장들 때문이다. 무의미와 허무와 자포자
기에 빠지기 쉬운 우리에게 신이 준 은총이 하나 있다며
그는 이렇게 적었다.

"그건 바로 '사랑을 알아보는 힘'이야. 우리의 멋진 친
구 심보선이라면 사랑을 '다시 알아봄'이라고 표현할 것
같아. 우리가 미래를 사랑하기 시작했단 것은 뭔가를, 특
히 사랑할 만한 것을 다시 알아보기 시작했다는 말과도 같
아. 물론 자기 자신까지도 포함해서. 무릇 다시 시작하려
는 자는 자기 자신도 다시 알아볼 수 있어야만 해."

이어서 그는 '다시'라는 말이 아름답지 않느냐고 물었

다. 아름다움의 역사에 가장 먼저 포함시킬 만한 단어라고 쓰기도 했다. 사람들을 바라보는 내 마음이 시큰둥해지거나 건방져질 때면 정혜윤 작가가 쓴 것을 읽는다. 그럼 금세 염치가 생긴다. 이렇게 게으를 때가 아니라고, 이젠 나의 외로움에서 벗어날 시간이 되었다고, 다른 사람의 얼굴을 읽을 시간이 되었다고, 마음을 다잡게 된다. 쓰기 싫은데 써야만 할 때도 정혜윤 작가를 기억한다. 명랑하고 유연하고 강한 그의 문장들을 떠올린다. 내 문장과 다르지만 언제나 내 맘속에 있다. 그가 어떤 타인을 소개하는 방식은 누구도 흉내 내기 어렵다. 어디에서도 본 적 없는 영롱한 필터로 사람들의 이야기를 통과시킨다.

그의 인터뷰들을 읽으며 나도 누군가에게 건넬 질문들을 준비한다. 더 많은 이들과 따뜻하게 연결되고 싶기 때문이다. 내년부터는 '일간 이슬아' 연재에서 인터뷰 코너를 추가한다. 인터뷰어로서의 성공과 실패를 겪으며 훈련할 텐데 그때마다 이 책을 생각하며 몇 번이고 다시 해볼 것이다.

〈경향신문〉 2018.12.24.

이토록 강렬한 집의 서사

내가 쓰는 가족 이야기의 장르를 굳이 분류하자면 시트콤에 가깝다. 같은 공간에 같은 사람들이 출연한다. 비범하고도 평범한 그들이 날마다 달라지는 상황에 어떻게 반응하며 살아가는지 보여주는 시추에이션 코미디다. 자주 웃기고 가끔 찡하다.

하지만 집이라는 공간에는 시트콤처럼 풀 수 없는 이야기도 많다. 어느 가족에게나 크고 작은 그림자가 있다. 대가족 안에서 자란 나는 몇 대를 아우르는 불행과 고독 또한 보았다. 그런 건 이야기로 만들 엄두가 안 나서 아직 쓰지 못했다. 기구한 일들을 어떻게 다루는지 모르는 것이다.

『백년의 고독』을 읽을 때마다 가슴이 울렁거린다. 무지막지하게 기구하고 강렬하고 야하고 딱해서다. 별사람들이 다 나오고 별일이 다 생긴다. 모두 마콘도라는 마을에서 일어나는 일들이다. 마을은 주민들이 대를 이으며, 그리고 근대화를 거치며 도시로 팽창해가는데, 이야기가 미친 듯이 휘몰아치다가 마지막 페이지에 이르러서는 결국 고독하다. 그야말로 백년 동안이나 고독하다. 대대손손 이어지는 이 기구한 고독에는 기시감이 든다. 가족과 이웃과 자손들이 자꾸만 비슷한 실수를 반복하기 때문이다.

『백년의 고독』의 원래 제목은 『집』이었다. 가브리엘 가르시아 마르케스는 커다란 집에서 유년기를 보냈다. 그 집에는 흙을 먹는 여동생과 예지 능력이 있는 할머니, 그리고 절대로 행복과 광기를 구분 짓지 않던 똑같은 이름의 수많은 친척들이 있었다고 한다. 생전 처음 얼음이라는 걸 손으로 만져보고는 펄펄 끓고 있다고 말할 수밖에 없던 아이도 그곳에 있었을 터이다. 인물과 시간을 다루는 그의 솜씨에 매번 놀라며 나는 이 책을 몇 번이고 다시 읽는다.

〈경향신문〉 2018.12.25.

감각으로 남는 소설

이 소설을 완독할 때마다 낮잠을 잤다. 나를 뒤흔드는 사랑이 밤새 머물다 떠난 아침처럼 소진된 채로 잠이 들었다. 꿈의 배경은 아예메넴이었다. 인도의 덥고 음울한 마을. 농익은 과일과 풀벌레의 마을. 이 소설이 펼쳐지는 마을. 자신들을 합쳐서 '나'라고 생각하는 이란성 쌍둥이와, 가늘고 강인한 곱슬머리를 허리까지 기른 여자와, 팔이 하나뿐인 '작은 것들의 신'이 살던 마을. 책 속의 그 마을이 꿈에서도 나왔다. 축축하고 매혹적이고 아주 많이 안타까운 꿈이었다.

　깨어날 즈음에도 소설을 생각했다. 쌍둥이가 내 옆에 있었다면, 서로가 무슨 꿈을 꾸었는지도 읽어낼 수 있는 어린 그들이라면 분명 날 깨우기보다는 조심스레 잠을 방해하는 편을 택할 것이다. 꿈꾸는 사람을 갑자기 깨우면 심장마비에 걸릴지도 모른다고 믿으므로. 서랍을 열고 목청을 가다듬고 괜히 신발도 정돈하며 내가 꿈의 표면 아래에서 쉬다 나올 수 있도록 도울 것이다. 쌍둥이 중 하나가 악몽을 꾸었느냐고 물으면 아니라고 대답하고 싶다.

텍스트로도 남지만 꼭 잊지 못할 꿈을 꾼 듯한 감각으로도 남는 소설이다. 몸에 관한 문장이 아주 많기 때문일지도 모른다. 종이 위에 적힌 육체의 질감과 냄새와 모양과 탄성이 꼭 내 것인 것처럼 읽힌다. 작고 사소한 부위에 깃든 신을 떠올리게끔 한다. 그럼 내 몸도 남의 몸도 서글프도록 귀하게 여겨진다. 이런 소설을 읽고 나면 무언가를 그리고 누군가를 이전과는 다른 방식으로 보고 듣고 맛보고 느끼게 된다. 아룬다티 로이가 세상을 보는 시선을 닮아가고 싶어서 서재의 가장 잘 보이는 책꽂이에는 언제나 이 소설을 꽂아둔다.

〈경향신문〉 2018.12.26.

이 미친 세상에
어디에 있더라도 행복해야 해

해질 무렵에 이 책을 사서 밤이 깊어질 때까지 쉬지 않고 읽었다. 걸으면서 읽고 앉아서 읽고 소매로 눈물을 닦아가며 읽었다. 다음 문장이 이전 문장에 자석처럼 따라붙어서 멈춰지지 않았다. 불필요한 말이라곤 없었다. 어떻게 이렇게 쓸 수 있나. 나는 이 소설에 완전히 설득되었다.

세계가 망하면서 시작하는 이야기다. 출발은 전 세계적 바이러스로 인한 인류의 떼죽음 때문이었으나, 뒤로 갈수록 세계를 진짜로 망치는 건 살아남은 자들이다. 온 대륙에 창궐한 바이러스보다 끔찍한 기질 또한 인간 안에 있으므로 또 다른 재앙을 서로의 얼굴에서 확인하기도 한다.

모든 게 엉망이 된 와중에도 어떤 이들의 얼굴은 찬란

하다. 불행이 바라는 건 내가 나를 홀대하는 거라고, 절대
이 재앙을 닮아가진 않을 거라고, 재앙이 원하는 대로 살
진 않겠다고 말하는 이가 있다. 옆에는 바로 그를 닮고 싶
다고 생각하는 이가 있다. 세계는 망해가고 있으며 그들은
만났다. 그들은 무엇보다도 부끄러움을 아는 존재를 만나
고 싶었다. 강도와 살인과 폭력과 강간이 범람하는 와중에
도 절대 잊지 말아야 할 무언가를 기억하는 사람을 만나고
싶었다. 그런 사람이라면 각박한 세상의 끝까지 같이 걸어
갈 수도 있었다.

　마지막 페이지를 덮고 세수를 할 때 사랑하는 애가 내
앞에 왔다. 걔는 놀라며 내 얼굴을 만졌다. 그 애랑 이 소
설의 세계에서 살아남는 상상을 하면 그저 두려워졌다. 우
리는 어쩌면 사랑을 가장 먼저 잊어버릴지도 모른다. 소설
속 그들처럼 끝까지 강할 수 있을까. 그렇게나 강해질 일
은 영영 일어나지 않기를 바랐다.

<경향신문> 2018.12.27

서평가평가

오늘의 글은, 글에 대해 쓴 글에 대해 쓴 글이다. 틀린 문장 같지만 정말이다. 어느 작가의 서평집에 내가 이야기를 덧붙일 것이기 때문이다.

서평집의 제목은 『실패를 모르는 멋진 문장들』이다. 2년 전 서점에서 이 제목을 처음 봤을 때 살짝 울고 싶었다. 실패를 모르는 멋진 문장들이라니… 실패하는 구린 문장들을 쓰며 괴로워하는 나에게 언뜻 구원의 빛이 내리는 듯했다. 심지어 몹시 경쾌한 서체로 쓰인 제목이었다. 웬만한 자신 없이는 이런 표지를 디자인 할 수 없을 것이다. 나는 정말이지 문장에 관해서만큼은 실패를 모르고 싶었기 때문에 펼쳐보지도 않고 책을 샀다.

집에 와서 첫 장을 폈다. 그런데 작가인 금정연은 제목으로부터 달아나고 싶은 듯했다.

모든 서문은 쓰기 어렵다. 그러나『실패를 모르는 멋진 문장들』이라는 제목을 가진 책의 서문은 더 쓰기 어렵다.

먼저 이 책은 문장론이 아니라는 사실을 말해둬야겠다. 멋진 문장을 쓰는 법을 일러주는 책이 아니다. 멋진 문장을 보는 눈을 길러주는 책도 아니다. 원한다면 (원하지 않기를 바라지만) 이 책을 통해 문장 쓰는 법을 배울 수 있고, 문장 보는 눈을 기를 수도 있다. 반면교사라는 말이 괜히 있는 게 아니다. (…) 그런데 책 제목에 '멋진 문장'이라는 문구를 넣어도 괜찮은 걸까(심지어 실패도 모른다는데). 독자들이 속았다고 생각하고 환불을 요청하지는 않을까(구입한 사람이 있다면 말이지만).

― 금정연,『실패를 모르는 멋진 문장들』, 9~10쪽

이렇게나 송구스러운 포즈로 써나간 문장들이 서문을 채우고 있었다. 그런 작가에게 편집자는 말한다.

"올더스 헉슬리의 『멋진 신세계』도 정말 '멋진 신세계'
는 아니잖아요. 일종의 아이러니죠."
- 같은 책, 10쪽

이때부터 너무 웃겼다. 거기까지 읽고 캐리어에 책을
넣었다. 다음 날부터 6박 7일짜리 여행이 예정되어 있었
다. 비행기가 이륙할 때 즈음 책을 꺼내 다시 읽어나가기
시작했다.

서른네 편의 서평을 그야말로 후루룩 다 읽어버렸다.
진짜 진짜로 재밌기 때문이다. 이제부터 나는 이 책이 재
밌는 이유를 설명해야 할 테지만, 241쪽에서 금정연이 했
던 방식으로, 다음과 같이 책 설명을 회피하고 싶다. '그거
야 책을 읽으면 자연스레 알게 될 일이다. 금정연도 아닌
내가 구태여 설명할 필요는 없단 말이다. 그러니 나는 이
렇게 말해야겠다. '일간 이슬아'를 읽고 있을 정도로 문학
이라는 것에 관심이 있는 당신이라면 이 메일링 텍스트 따
윈 던져버리고 당장 『실패를 모르는 멋진 문장들』을 읽으
라고.'

물론 진심이 아니다. 금정연의 책을 읽더라도 내 글을
던져버리지는 않았으면 좋겠다. 아무튼 2년 전 비행기에
서 나는 마지막 장을 덮고 창밖의 어둠을 내려다보며 이

책을 챙겨온 것을 후회했다. 이렇게나 빨리 읽힐 만큼 재밌는 책은 여행에 적합하지 않다. 일상에서라면 잘 읽지 않을, 인내심과 시간이 필요한 책을 챙겨 와야 완독률이 평소보다 올라간다. 다른 나라 공항에 도착하기도 전에 다 읽어버렸으니 남은 동안 그저 짐이 될 것이었다.

한가롭고 습한 여행지에서 나는 웬일인지 다른 책 대신 이 책을 몇 번 더 다시 읽었다. 오히려 이 책이 다른 책들을 짐으로 만들어버린 것이다. 심지어 다시 읽느라 숙소 바깥으로 한 발짝도 나가지 않은 오후도 있었다. 왜 자꾸 자꾸만 손이 가는 것일까.

아무래도 금정연과 내가 비슷한 처지라고 느꼈기 때문이다. 써놓고도 어색한 문장이지만 말이다. 그와 나는 나이도 성별이 다르고 등단 여부와 발표 지면과 행운과 불운도 다르고 주로 쓰는 글의 장르도 다르다. 사실 나는 그가 문예지에서 자주 언급한 후장사실주의란 게 뭔지 아직도 이해 못했다.

그렇지만 아무튼 마감이 있는 삶을 살아가고 있는 자들이었다. 나는 전직 누드모델을 관두고, 그는 전직 인터넷서점 엠디를 관두고, 프리랜서 집필가로서 뭔가를 걸고 있었다. 무엇을 건 것일까. 일상을? 시간을? 자존심을? 장애물 경주 대회같은 마감의 연속을 감당할 심신을? 다음 달의 수입을 예측할 수 없는 불안감을? 수십 권의 신간 도서 구입비를? 혹은 그 모두를?

그는 자문한다. '나는 어쩌다 서평으로 생계를 유지하 겠다는 멍청한 생각을 하느라 인생의 낙오자가 되었나?' 생계를 유지하기엔 턱없이 적은 원고료와, 통장 잔고가 바 닥날 때쯤 청탁을 보낼랑 말랑 하는 매체와, 비정기적인 수입에 비해 너무도 정기적인 지출들. 나도 그러한 불안의 내역과 함께 살아가는 중이었다. 그래서 부업으로 웹툰 연 재를 하거나 지방으로 출장 글쓰기 수업을 나가며 월세를 충당했다. 한 달에 원고료 수입이 15만 원 이하일 때도 내 주업은 (글 쓰는) 작가라고 생각했다. 나라도 나를 믿어주 는 게 우선이었기 때문이다. 금정연은 어떻게 자신을 믿으 며 프리랜서 작가 생활을 지속했는지 궁금했다. 그는 놀랍 게도, 아니 다시 생각해보면 전혀 놀랍지 않게도 자신의 직업을 무척 의아해했다.

우리에게는 어떤 서평가가 믿을 만한 서평가인지를 '객관적으로' 평가해줄 또 다른 심판이 필요하기 때문 이다. 굳이 말하자면 '서평가평가' 정도 될까? 그리고 다시 그 '서평가평가'를 평가해줄 '서평가평가평가'와 '서평가평가평가평가'가, 그리고 '서평가평가평가평가평가'와 또…

– 같은 책, 231쪽

그는 서평가일 뿐 아니라, 폴 오스터의 말마따나 "생각을 너무 많이 하고 너무 많은 것을 읽은 젊은이"인 것이다. 또한 "여름철 곰팡이처럼 제멋대로 늘어나 방바닥을 뒤덮은 책"들 속에 살며, 미룬 설거지와 빨래와 집정리를 생각하다가 "이불 속에서 펑펑 울고 싶"어지는, 그러다가도 "용기를 내 침대 밖으로 나오"는, "일상이 망가져서 자질구레한 일들을 방치하는 게 아니라 자질구레한 일들을 방치해서 일상이 망가진다는 사실 정도는 알아야 하는", 그리하여 "나이 먹는 것도 서러운데 마음까지 먹어야 해서 아침부터 소화제를 찾고 싶은" 어른이기도 한 것이다.

여러 지면을 통해 나는 내 부지런함을 강조해왔다. 성실의 이로움에 관해서라면 할 말이 끊이지 않기 때문이기도 했고 한편으로는 여러 신문과 잡지와 출판사를 향한 어필이기도 했다. 데뷔한 지 얼마 안 된 집필가이지만 만약 청탁을 맡겨주시기만 한다면 문제없이 원고를 완성할 거라는 어필 말이다. 분명 내게 있는 부지런이므로 거짓말은 아니다. 하지만 그게 다인 것 또한 아니다. 말 못할 게으른 일과가 날마다 있다. 사실 얼마나 게으르고 무책임하고 성의가 없는 인간인지를 나는 나에게조차 숨긴다.

금정연은 바로 그 게으름에 대해서 쓴다. 변명하기도 무안할 만큼 지지부진한 자신의 일처리에 관해 밝힌다. 그런 나태는 비밀이 아닌가. 편집자에게 마감일을 늦춰달라며 양해의 메일을 보낼 때 모든 작가에겐 피치 못할 사정이 있다. 예의상 지어내기라도 해야 한다. 하지만 금정연은 책에 이렇게 쓴다.

> 서평가도 마찬가지다. 그의 가장 큰 불안은 원고 마감 시한을 지키지 못하는 것이다. 때로는 불안에 시달리느라 마감 시간이 다 되도록 한 글자도 쓰지 못하는 경우도 있다. 실은 늘 그렇다. 이래서야 직업인이라고 할 수 없다. 어른도 아니다. 창백해진 얼굴로 국어사전에 '마감시한'을 검색해본다.
> – 같은 책, 126쪽

그가 써준 덕분에 중요한 사실을 알게 된다. 이 사람도 미룰 수 있을 때까지 미루는 구나! 세상 쓸데없는 일을 하다가 데드라인을 어기는 사람은 나뿐만이 아니구나!

하지만 사실 그 역시 막판엔 성실한 사람일 것이다. 결정적으로는 부지런했을 것이다. 아니라면 이 웃긴 책은 세상에 나올 수 없었다.

그런데 다른 사람들도 웃겨할까? 모르겠다. 나는 웃음이 후한 편이기 때문이다. 하지만 웃기지 않더라도 계속 읽어나갈 이유들 또한 여기저기서 발견된다. 어쩌면 이 글들은 꼭 서평이 아니기도 하다. 소설가 김중혁의 말마따나 "금정연이 계속 글의 목적지를 바꾸기 때문"이며, 그래서 독자들은 엉뚱한 곳에 도착해서야 그가 "애초에 서평이나 가이드 같은 걸 쓰려고 했던 게 아니라는 걸 알게 되기 때문"이다. 뜬금없는 목적지에서 마주하는 의외의 쾌감과 해방감을 그의 서평을 읽으며 느낀다.

그래서 '실패를 모르는 멋진 문장들'은 어떻게 된 것인가. 금정연이 들려주는 책 얘기와 그보다 더 긴 딴 얘기를 따라가다 보면 문장 생각은 온데간데없이 사라져버린 뒤다. 백전백승하는 문장의 비밀을 알려줄 것만 같던 책 표지는 역시 사기인가. 계속 딴 얘기를 하며 독자들을 이상한 데로 데려다놓으니 말이다. 정신을 차려보면 예기치 못한 잡념에 덩달아 젖어 있기 일쑤다.

그런데 바로 그게 핵심 아닐까. 그 모든 게 잘 쓰인 문장 덕분이라는 것.

마감에는 여러 종류의 어려움이 있다. 뭘 쓸지 몰라서 어려울 때 말고, 뭘 쓸지는 알겠는데 내 문장이 너무 안 웃겨서 어려울 때 나는 이 서평집을 꺼내든다. 다시 읽어도 웃긴 부분이 꼭 있다. 문장으로만 할 수 있는 '유우머'가 있다. 이 책은 이런 문장으로 끝난다.

"남의 말은 그만 인용해."
– 같은 책, 242쪽

물론 이 마지막 문장 역시 마르셀 라이히라니츠키의 『나의 인생』175쪽을 인용한 것이다. 나는 다시 책의 처음으로 돌아가 서문의 후반부를 읽어본다.

이 책에 실린 어떤 문장들은 멋이 있다. 하지만 그 문장이 내가 쓴 문장은 아닐 것이다. 나는 서평가, 다른 이들의 책을 읽고 글을 쓰는 우스꽝스러운 직업을 가진 사람이다. 하지만 많은 경우 내 서평은 한 권의 책이 아닌 하나의 문장에서 시작되었다. 혹은 둘. 셋. 어쩌면 다섯. (…) 나는 어떤 책도 혼자 쓰지는 않았다. 내가 읽고 인용한 모든 책의 저자들이 그랬던 것처럼. (…) 이 책에 실린 글들을 쓰는 동안 다른 이들이 쓴 멋진 문장들을 강탈하고 때때로 훼손하며 나는 어떤 거리낌도 느끼지 않았다. 당신도 그랬으면 좋겠다.

– 같은 책, 10~11쪽

그리하여 나는 어떤 거리낌도 없이 오늘의 서평을 썼다. 프리랜서로 버텨온 지난 5년 동안 사실은 어떤 글도 혼자 쓰지 않았음을 기억해냈다. 서재에 꽂힌 수백 권의 저자들과 그 안의 무수한 인물들의 도움을 받아썼다. 물론 그들이 의도한 적 없는 도움이다. 그중에는 금정연도 있을 것이다. 실패를 모르는 멋진 문장들에 관해, 역시 실패를 모르는 멋진 문장들로 써내려간 그의 책을 자주 다시 읽는다. 실패를 모르고 싶어서. 또한 멋지고 싶어서. 어쨌든 문장이라는 도구를 계속 갈고 닦고 싶어서.

2019.05.17.

픽션, 논픽션, 응픽션

어떻게 그렇게 솔직하게 쓰느냐는 질문을 자주 듣는다. 북토크와 강연과 인터뷰 때마다 어김없이 받는 질문이다. 그때마다 솔직하게 외친다.

"저 별로 안 솔직합니다!"

솔직함에 대해서는 정말이지 관심이 없기 때문이다. 솔직함과 작품의 완성도는 무관한 경우가 많고 솔직한 글이 늘 좋은 글인 것도 아니다. 어떤 솔직함은 몹시 무책임하고, 어떤 솔직함은 너무 날것이라 비린내가 나며, 어떤 솔직함은 부담스러워서 독자가 책장을 덮어버리게 만든다. 알고 싶지 않은 정보를 쉴 새 없이 주절대는 친구처럼 눈치 없는 솔직함도 있다. 그러므로 솔직하게 쓴다는 피드

백이 내게는 칭찬에 포함되지 않는다. 솔직함만으로는 좋은 글이 될 수 없다.

나는 거짓말의 귀재가 되고 싶었다. 좋은 거짓말들을 모아놓은 소설집을 쓰고 싶었다. 그걸 깨달은 건 신문방송학과 학부생이었을 때다. 정해진 주제로 기사를 써서 검사를 받으러 갔는데 교수님께서는 '기사를 쓰랬더니 왜 소설을 쓰냐'며 혼을 내셨다. 그때 내 장래희망이 소설가라는 걸 깨닫게 되었다. 검증된 팩트와 공공연한 증거가 없더라도 다음 문장을 이어갈 수 있는 글쓰기를 하고 싶었다. 약간의 거짓말을 보탬으로써 더 예리하게 진실 쪽을 가리키고 싶었다. 모든 과목에서 D를 맞으며 대학을 졸업한 뒤 자유롭게 뻥을 섞은 글을 쓰며 학자금 대출을 갚아나갔다. 물론 픽션의 세계에서도 탄탄한 근거와 핍진성이 필요했다. 어떤 한 인물의 생생한 존재감을 그려내기 위해서는 기자 못지않게 꼼꼼한 취재와 조사와 인터뷰가 선행되어야 했다. 디테일하게 쓰지 않으면 믿어지지 않기 때문이다.

데뷔 초반의 내 글 속에 가장 자주 등장한 인물은 어쩔 수 없이 나였다. 나는 나의 디테일을 가장 세세하게 알았다. 내가 등장하는 장면만큼은 믿어지게끔 쓸 자신이 있었다. 자주 해본 메뉴를 요리하는 느낌이었다. 실제 겪은 일들이 모티브가 되었지만 글을 쓰는 과정에서 자연스레 순서가 편집되고 대사가 수정되고 어떤 순간이 과장되거나 축소되었다. 그런 점에서 모든 글은 필연적으로 픽션일 수밖에 없는 듯했다. 우리는 일기를 쓰면서도 자기 자신을 속이곤 한다. 수필이야말로 자기 인생에 대해 끊임없이 왜곡하고 농담하는 장르다. 첫 책에 내가 쓴 것은 솔직한 일기가 아니라 스스로에 대한 짓궂은 농담에 더 가까웠다.

나 다음으로 자주 등장한 사람은 내 엄마와 아빠다. 그들은 각각 '복희'와 '웅이'라는 이름으로 내 글 속에서 눈부시게 활약했다. 놀랍게도 내 부모는 복희와 웅이를 자신과 분리해서 생각한다. 그것은 글쓰기 합평 모임을 오래 해온 자들이 가지는 태도와도 비슷했다. 내 부모는 합평 모임에 안 가봤어도 그냥 알았던 것이다. 한 작가의 글이 자기 존재를 대표할 수 없다는 것. 이슬아가 쓴 버전의 복희와 웅이 말고도 무수히 다양하고 입체적인 복희와 웅이가 있다는 것. 그들이 날마다 생생하게 움직이고 변하며 살아간다는 것. 그래서인지 내가 복희와 웅이를 어떻게 증언하든 크게 개의치 않았다. 진정 나를 픽션 작가로 여기는 듯했다.

글을 계속해서 쓰다 보니 나와 내 부모 말고도 여러 인물들이 글 속에 등장했다. 나의 애인들과 친구들과 이웃들

을 닮은 이들이었다. 나 말고 남을 주어로 한 문장을 쓰는
건 언제나 막막한 일이지만, 오랫동안 면밀히 관찰해온 이
와 닮은 사람에 대해서라면 재료가 부실하지 않았다. 이런
세상에 이런 사람이 있다고 믿게 될 만한 디테일이 있었
다. 내 목소리 말고 그 사람에게서 나올 법한 목소리로 써
야 했다. 모든 등장인물의 목소리가 비슷한 이야기가 되지
않도록 주의해야했다. 죄다 작가의 목소리로 들리는 글은
인물이 아무리 많이 등장한대도 별 수 없이 납작한 글이
었다.

훌륭한 소설가들은 살아보지 않은 인생의 자리에 가보
는 사람들인 듯했다. 그 자리에서 생각하고 보고 듣고 겪
으려는 불가능한 노력을 계속 하는 사람들 같았다. 마침내
다른 이의 목소리로 몹시 자연스럽게 말할 수 있게 될 때
까지, 독자가 그 목소리를 믿게 될 때까지 문장을 고치는
것 같았다. 훌륭한 배우가 하는 일과도 닮아있었다. 제임
스 설터는 이 일을 탁월하게 잘 하는 소설가 중 하나다. 그
의 말과 글을 모아놓은 책이 작년에 출간되었다.『소설을
쓰고 싶다면』이라는 제목의 산문집이다. 아직 소설을 잘
쓰지 못하는 산문가인 나에게 이런 책은 약간 구원처럼 읽
힌다. 제임스 설터가 영업 비밀을 유출해주는 것만 같다.

이 책에서 그는 소설가 루이페르디낭 셀린의 말을 인

용하며 말한다. 공짜로는 얻을 수 없다고. 작가는 자신이 쓴 것에 대한 대가를 지불해야 한다고. 대가를 지불하면 그제야 그 이야기를 변형할 권리가 생긴다고.

여기에서의 대가란 무엇일까. 나의 시간과 몸과 마음과 영혼과 돈 중 하나라도 그 이야기에 내어줬다는 것 아닐까. 그러므로 그 이야기에 일말의 책임을 가지게 되는 과정 아닐까.

지금까지 내가 변형해온 이야기들의 원형은 모두 내가 각별히 여기는 무언가였다. 각별하기 때문에 나를 황홀하게 만들고 아프게도 만들고 치사하게도 만드는 것들 말이다. 날것 그대로 공개할 수도 없고 아무 거짓말이나 함부로 보탤 수도 없었다. 솔직하게 쓰는 건 너무 속 편하고 단순한 일이었다. 어떤 부분은 꾸며내야만 그 이야기가 품은 진실이 더 안전하게 보존될 수 있었다. 1993년의 「파리 리뷰」 인터뷰에서 제임스 설터는 픽션에 관한 질문을 받고 다음과 같이 대답한다.

Q : 당신은 언젠가 '픽션'이라는 말은 부적절한 말이라고 하셨어요. 왜죠?
A : 전적으로 꾸며 만들 수 있는 것이 있다는 개념, 그리고 이처럼 꾸며 만든 글을 픽션으로 분류하고 꾸며

내지 않은 것으로 여겨지는 다른 글들은 논픽션으로 부른다는 개념이 너무 독단적인 구분이라고 생각돼요. 우리는 대부분의 위대한 장편소설과 단편소설은 전적으로 꾸며낸 게 아니라 완벽하게 알고 자세히 관찰한 것에서 비롯했다는 걸 알고 있어요. 그런 작품들을 꾸며낸 거라고 말하는 건 부당한 표현이에요. 때때로 나는 아무것도 꾸며내지 않는다고 말하곤 해요. 물론 이말은 사실이 아니죠. 그러나 난 보통 모든 것은 상상력에서 나온다고 말하는 작가들에게는 관심이 없어요. 나는 자신의 삶을 나에게 이야기해주는 사람과 한 방에 있고 싶어요. 그 이야기에는 과장도 있고 거짓말도 있을 수 있겠지만 그래도 나는 본질적으로 진실인 이야기를 듣고 싶거든요.

– 제임스 설터, 『소설을 쓰고 싶다면』, 105쪽

제임스 설터의 말을 읽으며 나는 왜 솔직하다는 말에 늘 고개를 갸우뚱하게 되었는지 이해하게 되었다. 완벽한 픽션이 얼마나 불가능한지 실감 났기 때문이다. 완벽한 논픽션이 불가능한 것처럼 말이다. 사실은 모두가 어느 정도 거짓말이 섞인 문장을 쓰고 있다. 그 문장들을 쌓아서 어떤 진실을 강조하기 위해서다. 픽션과 논픽션에 대한 고리

타분한 질문을 받을 때 이제 나는 최대한 애매한 발음으로 대답을 얼버무린다.

"제가 쓰는 글은… ㄴ픽션이에요.."

"뭐라고요?"

"응픽션이요…"

모든 작가들은 작품과 함께 자기 인생의 밑천을 드러내고 있다. 세계와 타자를 나름대로 탐구하며, 솔직한 자기 증명 이상의 어떤 것을 향해 나아간다. 소설가 김연수의 말처럼 '작품과 작가는 동시에 쓰여진다. 작품이 완성되는 순간 그 작가의 일부도 완성된다. 이 과정은 어떤 경우에도 무효화되지 않는다.'(김연수, 『소설가의 일』, 28쪽)

「악스트」 27호(2019년 11월)

인용한 책

유진목, 『식물원』, 2018, 아침달

사노 요코, 『100만 번 산 고양이』, 김난주 옮김, 비룡소, 2016

사노 요코, 『태어난 아이』, 황회진 옮김, 거북이북스, 2016

박완서, 『박완서의 말』, 마음산책, 2018

백상현, 『속지 않는 자들이 방황한다』, 위고, 2017

유진목, 『연애의 책』, 삼인, 2016

정혜윤, 『인생의 일요일들』, 로고폴리스, 2017

조영래, 『전태일 평전』, 전태일 재단, 2009

조지 R.R. 마틴, 『왕좌의 게임』, 이수현 옮김, 은행나무, 2016

윌리엄 맥스웰, 『안녕, 내일 또 만나』, 한겨레출판사, 최용준 옮김, 2015

나카노 노부코, 『바람난 유전자』, 이영미 옮김, 부키, 2019

양다솔, 『간지럼 태우기』, 2018

조너선 사프란 포어, 『엄청나게 시끄럽고 믿을 수 없게 가까운』,
    송은주 옮김, 민음사, 2006

정혜윤, 『사생활의 천재들』, 봄아필, 2013

가브리엘 가르시아 마르케스, 『백년 동안의 고독』, 이가형 옮김,
    하서, 2009

아룬다티 로이, 『작은 것들의 신』, 황보석 옮김, 문이당, 2010

최진영, 『해가 지는 곳으로』, 민음사, 2017

금정연, 『실패를 모르는 멋진 문장들』, 어크로스, 2017

제임스 설터, 『소설을 쓰고 싶다면』, 서창렬 옮김, 마음산책, 2018

너는 다시 태어나려고 기다리고 있어

이슬아 서평집 2019

이슬아 지음

초판 1쇄 발행 2019년 11월 13일
초판 13쇄 발행 2024년 11월 11일

펴낸곳 헤엄 출판사
펴낸이 이슬아
등록 2018년 12월 3일 제2018-000316호
팩스 050-7993-6049
전화 010-9921-6049
전자우편 hey_uhm_@naver.com

아트디렉션 이슬아
디자인 최진규
교정교열 최진규
사진 류한경
로고디자인 하마
제작·제책 세걸음

ISBN 979-11-965891-5-8 03810

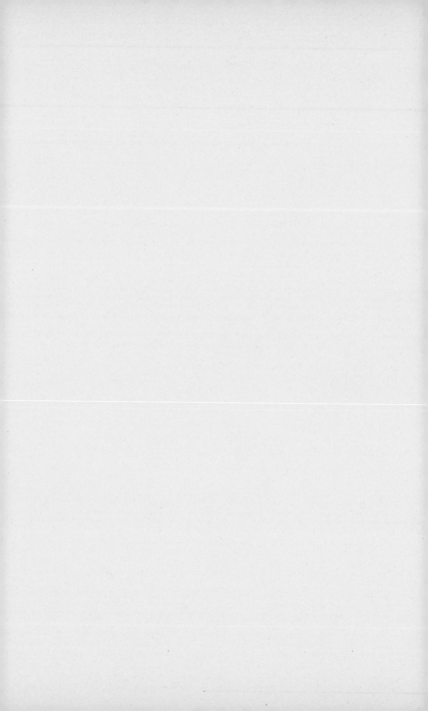